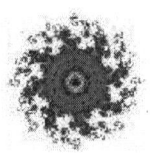

Auf der Nase getanzt

Kurzgeschichten

Moritz Boerner

© 2021 Verlag M. Boerner, (boernermedia) München
Alle Rechte vorbehalten
Illustration: Margot Boerner
ISBN 978-3-942498-77-7
2. Auflage

Für Wilma

1. Märchenhaftes

Froschperspektive

Der Frosch war einsam. Jahr ums Jahr saß er im Brunnen und wartete auf etwas, von dem er nicht wusste, was es war. Unterdessen trank er das kristallene Wasser und schaute den Luftblasen hinterher, die er ausatmete. Er wärmte sich in der Sonne, wenn sie am Tage schien und verkroch sich im weichen Schlamm, wenn er schlief in der Nacht.

Gelegentlich setzte sich ein seltsames Wesen an den Brunnenrand und sang oder kämmte sich die Haare – aber der Frosch wusste nicht, ob dies etwas mit ihm zu tun hatte. Er wusste eigentlich überhaupt nicht viel, nur dass er hier war und nicht nirgendwo. Insbesondere wusste er nicht, wer oder was er war. Hätte er es gewusst, wäre er vielleicht fröhlicher gewesen, aber so schien er unwissend wie der Tag oder die Nacht.

Einmal, als er gerade an gar nichts dachte, erschien eine goldene Kugel im Brunnen und sank taumelnd in die Tiefe.

Eiligst schwamm der Frosch hinterher und ergriff sie, bevor sie im Schlick zu verschwinden drohte.

Es war dunkel in der Tiefe des Brunnens, also schwamm er nach oben, und hielt die glänzende Kugel ins Licht. Was war das für ein komisches Ding? Wozu diente es?

Er brachte es näher an seinen Kopf und erschrak, denn ein riesiges Auge glotzte aus der Kugel, dass es ihm durch Mark und Bein ging. Was für ein Geist lebte wohl darin? Der Frosch zwinkerte – der Geist zwinkerte zurück. Der Frosch zwinkerte abermals – der Geist zwinkerte ebenso. Jetzt zwinkerte der Frosch zweimal und der Geist in der Kugel antwortete mit zweimaligem Zwinkern.

Da ahnte der Frosch, dass er selbst dieser Geist war. Und er fand sich wunderschön und vollkommen – wie Gottes Ebenbild.

In diesem Moment ertönte eine Stimme: »Was tust du mit meiner goldenen Kugel, gib sie mir sofort zurück!«

Und der Frosch erkannte, welch große Unterschiede bestanden zwischen ihm selbst und dem Wesen, das er schon früher in der Nähe seines Brunnens gesehen hatte. Er bemerkte, dass der Prinzessin – denn um diese handelte es sich – vertrockneter Tang aus dem Kopf sprießte und dass sie hässliche kleine Schweinsäuglein hatte, die so ganz anders waren, als die geheimnisvollen Kugeln, die in seinem eigenen wohlgeformten Kopf saßen. Er betrachtete seine glänzenden, grünen Finger mit den herrlichen Schwimmhäuten dazwischen und verglich sie mit den weißen Ästen, die aus den Puffärmeln der Prinzessin wuchsen und er sah, dass sie drohend mit dem dürren Zweiglein wackelte, das einem der weißen Äste entsprang. Dieses Wesen dort war kein

Frosch, sondern ein hässliches Menschlein, etwas, das getrennt war von ihm und allem, was ihn umgab. Und ihre Stimme erklang wie Metall und sagte: »Her mit meiner Kugel, garstiger Frosch!«

»Hol sie dir, wenn du kannst,« quakte er, von Ekel über jenes Unwesen geschüttelt. Da wurde die Prinzessin sehr traurig, denn sie konnte nicht schwimmen. Mit hängendem Kopf ging sie von dannen.

Der Frosch lachte ihr quakend hinterher, doch fröhlich war er nicht.

Aber er hatte ja die goldene Kugel. Sie blitzte und blinkte und sein sich spiegelndes Auge schaute ihn an. Da verdoppelte sich seine Traurigkeit. Er versuchte, das Auge in der Kugel wegzudrehen. Doch so schnell er die Kugel auch drehte, das Auge blieb starr und vorwurfsvoll auf ihn gerichtet.

»Ich will die Kugel verstecken«, sagte er sich, »dann kann sie mich nicht mehr anschauen«.

Gesagt, getan. Er schwamm nach unten und vergrub sie im Schlamm unter den Wurzeln einer Wasserlilie. Doch fröhlich machte ihn das nicht.

Am nächsten Tag kam die Prinzessin wieder und rief: »Ach lieber Frosch, gib mir doch bitte meine goldene Kugel wieder, ich will dir Kleider und Schuhe geben, Perlen und Schmuck, selbst meine goldene Krone kannst du haben, wenn du willst.«

»Mit solch nutzlosem Tand kann ich nichts anfangen, schließlich bin ich ein Frosch, und selbst die Krone der Schöpfung.«

»Ich würde dich mitnehmen und an meinem Tisch essen lassen, wenn du mir meine Kugel zurückgibst«, sagte die Prinzessin, doch der Frosch lachte sie aus: »Ich kann mir den Unflat schon vorstellen, von dem du dich ernährst, keine leckere Fliege, keinen glitschigen Regenwurm, keine einzige Webspinne würde ich kriegen bei dir, stattdessen verfaulte Milch und zerkochtes Fleisch – am Ende gar die Schenkelchen meiner Geschwister.«

»Ich würde dich mitnehmen und aus meinem Becher trinken lassen, wenn du mir meine Kugel zurückgibst«, sagte die Prinzessin, doch der Frosch lachte sie aus: »Hier habe ich das reinste, kristallklare Wasser. Ich kann mir den Ekel schon vorstellen, den du durch deine Kehle rinnen lässt: gegorene Ausscheidungen, mit Hefen und Bakterien versetzte Essenzen, dass es einen nur so schüttelt.«

»Ich würde dich in meinem Bett schlafen lassen und mit dir kuscheln und dich küssen, wenn du mir meine Kugel zurückgibst.«

»Pfui«, sagte der Frosch, »in knisternd trockenen Tüchern müsste ich bei dir hocken, verzehrt von Hitze und erdrückt von deinen Zärtlichkeiten. Ich lebe hier im Paradies und du willst mich in die Hölle locken.«

Und palopp, war er im kühlen, schmeichelnden Wasser untergetaucht.

Am nächsten Tag kam die Prinzessin wieder und trug ein Netz und eine Harpune, eine Angel und ein Gewehr.

»Mein Vater sagt, ich soll mir nichts gefallen lassen – also, her mit der Kugel oder ich fange und töte dich.«

»Wenn du mich tötest, hast du gar nichts, keinen Frosch und keine Kugel,« sagte der Frosch.

»Das ist mir egal«, sagte die Prinzessin und legte auf den Frosch an.

Der tauchte schnell unter und holte die goldene Kugel und warf sie der Prinzessin mit voller Wucht an den Kopf. Wie gefällt stürzte sie zu Boden und rührte sich nicht.

»Ah, ich habe sie erschlagen«, rief der Frosch und hüpfte aus dem Brunnen heraus, dass es nur so platschte.

Er sprang auf ihre Brust und fühlte, dass sie nicht mehr atmete.

Tief schaute er in ihre halb geöffneten Schweinsäuglein und seine Tat begann ihn zu reuen.

Daher senkte er seinen breiten Mund auf die Lippen des Unwesens und begann zu blasen. Während er fühlte, dass sich dessen Brust hob und senkte, öffneten sich die Augen der Prinzessin, wurden groß und größer und schön und schöner. Es waren Froschaugen wie die seinen. »Ich muss doch einmal schauen, ob sie nun von alleine atmet«, dachte er und sprang von ihrer Brust. Und er sah, wie sie sich langsam in eine wunderschöne Froschprinzessin verwandelte.

Die beiden schauten sich lange an und dann gingen sie auf Hochzeitsreise. Die goldene Kugel aber warfen sie in den Brunnen, wo sie noch heute liegt.

Diese Geschichte wurde anlässlich der Rheinland-Pfälzischen Literaturtage 2009 für die Anthologie „An den Wassern" ausgewählt. Pseudonym: Wilfried v. Manstein.
ISBN-13: 978-3898012225

Der M'Ba-Uch

Ein König lebte mit vier Frauen und vier Söhnen in einem herrlichen Palast, in dem es an nichts mangelte. Zehntausend Diener sorgten für das leibliche und seelische Wohl der Herrscherfamilie und was auch immer diese sich wünschte – es ward augenblicklich von den Lippen gelesen und erfüllt oder gebracht.

Nun wollte der König, dass die jungen Prinzen etwas vom wahren Leben draußen in der Welt kennenlernen sollten.

Er schickte sie also hinaus ins Land, den ersten Sohn nach Süden, den zweiten nach Westen, den dritten nach Norden und den vierten nach Osten.

»Was soll ich im Süden tun«, fragte der erste Sohn.

»Ja, was sollen wir tun?« fragten die anderen Söhne.

»Ihr müsst finden und verstehen, was es hier im Palast nicht gibt.«

»Was soll das sein?« fragten sie wie mit einer Stimme.

»Erkläre du es ihnen«, wandte sich der König an seinen Wesir – er wollte sich nicht anmerken lassen, dass er selbst sich nicht so recht auskannte mit dieser Sache.

»Ihr müsst den M'Ba-Uch suchen und verstehen«, war die Antwort des Wesirs.

»Und was ist der M'Ba-Uch?«, kam es wie aus einem Munde.

»Wenn ich euch das erklären könnte, müsste euer Vater euch ja nicht auf die Reise schicken. Nein, ich kann euch die Erfahrungen, die zur Erforschung des M'Ba-Uchs gehören, nicht ersparen.«

Und so verließen sie den Palast des Vaters und machten sich auf den Weg, jeder in seiner Richtung.

Der erste Sohn gelangte nach einer langen Wanderung in eine Stadt im Osten und suchte eine Herberge auf. In der Gaststube kam er ins Gespräch mit einem lustigen jungen Mann, der ihn nach einiger Zeit fragte, was er denn in der Welt vorhabe.

»Ich suche den M'Ba-Uch«, sagte der junge Prinz.

»Den M'Ba-Uch?«, fragte der junge Mann. »Den brauchst du doch nicht zu suchen! Der M'Ba-Uch ist überall. Wir leben vom M'Ba-Uch, wir werden regiert vom M'Ba-Uch. Der M'Ba-Uch ist unser Antrieb, unsere Freude, unser Verlangen und unsere Erfüllung. Der M'Ba-Uch ist die Kraft, die unsere Welt zusammenhält!«, und er zeigte auf sich. Da den jungen Mann ein hübsches Bäuchlein zierte und er mit dem Finger auf sich selbst gezeigt hatte, dachte der junge Prinz, der M'Ba-Uch hätte etwas mit dem Bauch zu tun – was durch die Ähnlichkeit der Wörter ja auch einsichtig schien.

»Aber warum fragst du, hast du denn keinen M'Ba-Uch? Da wirst du hier aber Schwierigkeiten bekommen.« Und er schaute bedeutungsvoll auf das Essen und Trinken, das vor dem Prinzen auf dem Tische stand. Der Wirt, der gerade vorbeiging, rief: »In meiner Gaststube kriegt der Sohn des Königs keine

Schwierigkeiten, sondern – wenn er es mir erlaubt – das Gegenteil davon: M'Ba-Uch!« Und die übrigen Gäste erhoben ihre Gläser und riefen »Es lebe der Sohn des Königs! Es lebe der König! Es lebe der M'Ba-Uch!«

Der zweite Sohn lief nach Norden und lief und gelangte an keinen bewohnten Ort. Als es schon dunkel zu werden begann, erblickte er eine graue, halb zerfallene Hütte am Wegesrand und ging hinein. Wie erschreckte er sich, als die knarrende Tür hinter ihm gegen den Balken schlug! Kaum hatte er sich auf einem Haufen halbwegs trockenen Strohs niedergelassen, hörte er schlurfende Schritte und Gemurmel. Ein faltiges Weib erschien und der Prinz wunderte sich, dass es nicht erschrak und ihn stattdessen mit zahnlosem Mund ansprach: »Was tut ihr hier? Was ist Euer Woher und Wohin?«

»Ich suche den M'Ba-Uch«, antwortete der junge Prinz.

Die Alte drehte sich erschreckt um, sicherte nach allen Seiten und flüsterte dann: »Leise, die Wände hier haben Ohren. Es ist gefährlich, über den M'Ba-Uch zu sprechen. Eh du dich versiehst, hast du eine Kugel oder ein Messer im Bauch!«

»Aber hier ist doch gar niemand außer uns beiden, oder?«

»Man kann nie wissen. Vorsicht ist die Mutter der Weisheit«, murmelte die Alte.

»Heißt der M'Ba-Uch deshalb so – weil man schnell etwas Schlimmes im Bauch stecken hat?«, fragte der junge Mann.

17

»Nein, mein Junge. Der M'Ba-Uch ist sehr sehr alt und niemand weiß, warum er so heißt, aber die alten Leute sagen, das Wort geht zurück auf *M'ba-ba*, das bedeutet nichts anders als *Pfui*, und *Uch 'ä*, das heißt erst recht *Pfui*. Aber eigentlich ist M'Ba-Uch nur eines von vielen Wörtern für die gleiche Sache – Tatsache ist, dass es fast nichts gibt, für das es so viele Wörter gibt.«

»Warum ist das so?«, fragte der Prinz.

Die Alte hantierte klappernd mit einem verbeulten Topf und antwortete: »Je weniger von einer Sache es gibt, um so mehr Wörter werden für sie erfunden«, und sie lachte laut. »Das ist genau wie beim schnackern, die Männer prahlen, wie oft und mit wem sie es getan haben, aber in Wirklichkeit kommen sie nie dazu, es zu tun. Sind stattdessen hinter dem M'Ba-Uch her. Hast du es schon getan?«

Der junge Prinz wurde rot, denn er wusste nicht, was die Alte nun genau meinte, den M'Ba-Uch oder das andere. Aber er fasste sich ein Herz und fragte: »Kannst du mir deinen M'Ba-Uch zeigen?«

Die Frau setzte den Topf mit einem Krach auf den geschwärzten Stein und rief: »Wo denkst du hin? Glaubst du, ich zeige jedem dahergelaufenen Köter meinen M'Ba-Uch? Und glaubst du, ich trage ihn bei mir? Nein ich habe ihn gut versteckt. Wer ihn zeigt, ist ihn schnell los und wer sich zu viel damit beschäftigt, wird in der Hölle schmoren – sagen die Pfaffen! Ich persönlich glaube das natürlich nicht!« Und sie lachte meckernd in sich hinein. Aber dann lief sie schnell zur Tür hinaus. »Macht mich ganz nervös, das junge Kerlchen; muss dringend nach meinem M'Ba-Uch schauen«, hörte der Prinz noch und war wieder allein.

Sein Bruder war indessen im Westen vor dem Tor eines wundervollen Parks angelangt. In der Ferne erhob sich ein Palast, schöner als alles, was er je in seinem jungen Leben gesehen hatte. Davor standen prächtig gekleidete Wachen, die ihm freundlich zunickten, jedoch keine Anstalten machten, ihn einzulassen. Da erblickte er durch die Gitterstäbe des geschmiedeten Tores hindurch ein wunderschönes junges Mädchen, das auf einem glänzenden weißen Pferd mit schwarzen Fesseln saß und er verliebte sich augenblicklich. Die Schöne kam näher zum Tore und befahl den Wächtern, es zu öffnen. Der junge Prinz schaute wie gebannt zu ihr hinauf.

»Wer bist du und was tust du hier?«, fragte sie.

»Ich bin der Prinz, der nach Westen geschickt wurde, um den M'Ba-Uch zu finden.«

Die Wächter drehten sich zueinander und hielten sich den Bauch, und auch die schöne Prinzessin – denn um eine solche handelte es sich – ließ ein glockenhelles Lachen ertönen.

»Den M'Ba-Uch suchst du? Da bist du hier richtig!«

Und sie nahm eine bestickte Tasche von der Schulter und öffnete sie und heraus flog ein ganzer Schwarm von etwas, das wie bunte Schmetterlinge anmutete, die sich hoch in die Lüfte erhoben und in allen Farben schimmerten.

»Siehst du? Das war der M'Ba-Uch! Ach was, viele M'Ba-Uchs. Sie fliegen in die Welt hinaus und tun Gutes und vermehren sich und befruchten das Land und viele blühende Landschaften werden daraus entstehen.«

Der Vierte, jener, der nach Süden wanderte, wurde von einer Räuberbande überfallen, splitternackt ausgezogen und von Kopf bis Fuß durchsucht.

»Her mit dem M'Ba-Uch« rief der Räuberhauptmann.

»Er hat keinen M'Ba-Uch, ich habe überall geguckt«, sagte ein Räuber, der so dünn wie ein Bindfaden war.

Der Hauptmann schrie: »Was heißt das, er hat keinen M'Ba-Uch? So wie der aussieht und wie er gekleidet ist, müsste er überfließen von M'Ba-Uch! Hast du ihm in den Hintern geleuchtet?«

»In den Hintern, in die Ohren, in den Mund und in den Bauchnabel; da ist nichts als schwarze Leere.«

»Verflucht noch eins. Wo willst du hin, ohne auch nur ein bisschen M'Ba-Uch?« fragte der Räuberhauptmann.

Der Prinz antwortete: »Das ist es ja gerade – mein Vater, der König, hat mich nach Süden geschickt, damit ich den M'Ba-Uch finde.«

Da fingen die Räuber an zu zittern und zu klagen und hängten dem armen Prinzen seine Kleider notdürftig über den Körper und flehten: »Verratet uns nicht, wir sind nur arme Räuber und haben es nicht böse gemeint. Wir tun alles für Euch, wenn Ihr uns nur am Leben lasst.«

Und sie knieten vor ihm nieder und wälzten sich im Staub der Straße und machten Purzelbäume rückwärts, um sich unauffällig zu entfernen.

»Halt!«, rief der Prinz, »ihr müsst mir sagen, was der M'Ba-Uch ist. Ich muss es wissen!« Und er wollte hinter ihnen her rennen, wobei er aber seine Kleider wieder zu verlieren drohte. Also blieb er stehen.

Während sie weiter purzelten, riefen die Räuber: »Mach dir nicht die Finger am M'Ba-Uch schmutzig. Der M'Ba-Uch ist des Teufels, das Böseste des Bösen! Du hast ja gemerkt, was wir dir um seinetwillen angetan haben. Beinahe hätten wir dich getötet.« Und damit verschwanden sie in Gebüsch und hinter Bäumen.

Als sie wieder zu Hause waren, stritten sich die vier Prinzen im Palast ihres Vaters über ihre Erfahrungen und gingen aufeinander los, denn sie konnten keine Einigung darüber erzielen, was der M'Ba-Uch sei und wie man ihn zu behandeln habe.

Der Wesir kam gerade noch rechtzeitig hinzu, bevor sie sich gegenseitig umbrachten.

»Wer von uns hat den wahren M'Ba-Uch gefunden? Entscheide du!« riefen sie.

Der Wesir hieß sie im Garten niederknien, jeder der vier im Angesicht einer Rosenknospe. Es wurde heller Tag und die Rosenblüten öffneten sich.

Es wurde Abend und die Sonne versank hinter dem Horizont.

Es wurde dunkel.

Als der Vollmond leuchtend hinter den Türmen des Palastes aufstieg, wussten sie die Antwort. Doch erst am nächsten Morgen gingen sie lachend und weinend auseinander, als Geschwister für immer vereint.

Abgedruckt im "Größenwahn Märchenbuch – Band 2" (2014).
Pseudonym: Wilfried v. Manstein.
ISBN-13: 978-3942223980

Des alten Schreiners Reise in die große Stadt

Der alte Schreiner hockte in seinem Wald und sagte sich: »Wenn ich mal sterbe, wird niemand auch nur das Geringste von meinen wunderbaren Errungenschaften gehabt haben.«

Also nahm er den Esel und band ihm das Tischchen auf den Rücken, warf sich den Sack über die Schulter und begab sich auf die lange Wanderung in die große Stadt.

Als er sich einem der Vororte näherte, sah er junge Leute, die neben der Straße saßen und rauchten, Bier tranken, offensichtlich nichts zu tun hatten und sicher gerne etwas Anständiges lernen würden.

Er fragte: »Will jemand von euch Tischler werden?«, doch sie lachten ihn aus. »Damit wir dann in drei Jahren Hartz vier kriegen«, sagte einer und ein anderer rief: »Null Bock, Alter, mach dich vom Acker.«

»Iahhhh!«, schrie der Esel.

»Hab's ja nur gut gemeint«, brummte der Schreiner und zog weiter.

Nach kurzer Zeit überholte ihn ein Polizeiwagen und bremste. Zwei Polizisten – ein Mann und eine Frau – stiegen aus, musterten den Alten in seinem gestreiften Kaftan von oben bis unten und fragten nach seinen Papieren.

»Papiere? Ich bin Schreiner, und was ich außer meinem Esel mitführe, ist aus schönem alten Holz geschnitzt.«

»Wie heißen Sie?«

Der alte Tischler wusste es nicht, aber dann fiel sein Blick auf eine Reklametafel gegenüber und so sagte er einfach:»Baran–ka–uf«.

»Keine Papiere, Herr Uff? Dann müssen wir Sie leider mitnehmen aufs Revier.«

»Hör mal, Kevin«, sagte die Polizistin zu ihrem Kollegen,»was willst du denn mit dem Esel anfangen? Wir haben bald Feierabend!« Kevin wandte sich an den Alten:»Okay, du gehst jetzt diesen Weg dort rein und suchst dir einen Platz, wo du deinen Esel unterstellst und morgen gehst du zur Ausländerbehörde und aufs Ordnungsamt. Hast du Geld?«

Der Alte lachte:»Wenn es sonst nichts ist.« Er holte ein Tischtuch aus seinem Gepäck und hieß den Esel, sich darauf zu stellen. Da lachten Polizist und Polizistin:»Schon gut, schon gut. Das ist sicher ein Goldesel.« Kichernd stiegen sie in ihren Polizeiwagen und brausten davon.

»Bricklebrit«, rief der Alte und der Esel spie vorne und hinten je zwei Goldstücke. Die wollte der Schreiner bei einer Bank eintauschen, aber ohne Konto war das nicht möglich.»Gehen Sie zu einem Goldhändler,« bedeutete man ihm. Ein solcher befand sich in der Nähe. Er wog die altertümlichen Dukaten, rieb sie auf einem Prüfstein, tupfte eine Säure darauf und legte sie auf die elektronische Waage. Dann rückte er ein dünnes Bündel Scheine heraus. Der Alte ahnte, dass er betrogen wurde, doch das störte ihn nicht, schließlich war Nachschub für ihn kein Problem.

Und er wusste sich anzupassen. Er kaufte sich einen schicken Anzug, ließ sich rasieren, frisieren und mietete sich in einen Reitergasthof ein. Dort schreinerte er sich einen Reisepass, und auch sein Esel erhielt eine Plakette. Den Knüppel-aus-dem-Sack verstaute er in einem nagelneuen Aktenkoffer. Dann erkundete er die Stadt und ihre Menschen.

Er fand heraus, dass das Hauptinteresse der Leute darin bestand, viel zu essen und zu trinken und das möglichst ohne langes Warten und zu jeder Zeit. Da kann ich helfen, dachte er. Er vergrößerte und modernisierte sein geschnitztes Tischchen und stellte es auf den Marktplatz. Dazu ein Schild mit der Aufschrift: »Essen und Trinken frei.«

Kaum waren die Ersten gesättigt, strömten die Menschen massenweise herbei und worauf auch immer sie Appetit hatten, das erschien auf dem Tisch. Pizza und Hamburger, Bratwurst und Pommes, halbe Hähnchen und Schweinshaxen, warme Semmeln und Brezeln, Döner, Spaghetti, Kaffee, Tee, Bier, Cola, Limonaden und Säfte aller Art sowie seltsamste Mischungen von alledem wurden gewünscht, gegessen, getrunken und brauchten nicht bezahlt werden. Binnen kurzem war der Marktplatz schwarz von Frauen und Männern, Kindern und Hunden. Der Alte wunderte sich, dass kaum jemand ein schmackhafteres Gericht oder ein edleres Getränk wünschte und dass viele gleich mehrere Portionen bestellten und in mitgebrachte bunte Tüten verstauten. Bald waren die Zugangsstraßen zum Marktplatz verstopft und die Polizei versuchte vergeblich, den Verkehr zu lenken. Gesundheitsamt und Bezirksinspektion schickten Beamte los, die es aber ebenso wenig zum Tischlein des Meisters schafften wie die zahlreichen Wirte im Umkreis, deren Gasthöfe sich geleert hatten und die herauskriegen wollten, wer ihnen auf solch üble Weise Konkurrenz machte.

Problematisch war, dass das Tischlein zwar Unmengen an Speisen und Getränken produzierte, dass es aber Geschirr und Essensreste nicht zurücknahm, so dass sich mannshohe Berge von Abfall bildeten. Als die Herbeieilenden mit denen zusammenstießen, die den Platz verlassen wollten, und hierdurch die Gefahr bestand, dass man sich gegenseitig tottrat, musste der Alte einsehen, dass sein Tischlein weder in diese Stadt, noch in diese Zeit passte.

Er klappte es zusammen und verkündete das Ende der Speisung. Es wurde späte Nacht, bis die Menge sich verlaufen hatte.

Nun kam der unvermeidliche und abermalige Zusammenstoß mit der Polizei und den Behörden, doch Meister Baranka hatte ja nun einen Pass und konnte zusagen, für alle Kosten aufzukommen. Die Leute vom Gesundheitsamt verboten ihm, jemals wieder Ausschank und Restauration in der Stadt zu betreiben und stellten ein Verfahren wegen Verstoß gegen lebensmittelhygienische Auflagen und fehlender Gestattung nach § 12 des Gaststättengesetzes in Aussicht. Vor den erbosten Restaurantbesitzern und Kneipiers der Umgebung konnte der Meister sich nur mit Hilfe des Knüppels aus dem Aktenkoffer retten.

»Ich hab's ja nur gut gemeint«, sagte er. Dennoch wollte er noch einen dritten und letzten Versuch wagen.

Er kaufte einen Pferdetransporter mit Wohnkabine und richtete ihn für sich und sein Eselchen gemütlich ein. Er mietete ein Gelände, auf dem die Leute sich ohne Drängelei anstellen konnten und Hilfskräfte, die für einen geordneten Ablauf zu sorgen hatten. »Bricklebrit« – der Esel begann mit der Dukatenproduktion. Auch dies sprach sich so schnell herum, dass bald sämtliche Zufahrtsstraßen blockiert waren. Jeder wollte der Erste sein, jeder wollte möglichst viel Gold, am besten alles. Der Meister musste auf zwei Goldstücke pro Person begrenzen, gleich zwei Feinunzen, also etwa 60 Gramm. Der Esel produzierte 240 Dukaten pro Minute, gleich 7,2 Kilogramm, 432 Kilo pro Stunde, also mehr als zehn Tonnen pro Tag und in einem Jahr würden es 3784 Tonnen sein. Selbst wenn man dem Esel Erholungspausen und Zeiten zum Fressen zubilligte, war das fast die doppelte Goldproduktion der ganzen Welt. Die Auswirkungen waren bereits nach wenigen Tagen zu spüren. Vor Banken und Goldhändlern bildeten sich lange Schlangen, internationale Fernsehteams landeten auf dem Flughafen, der bald hoffnungslos verstopft war, weil aus der ganzen Welt neugierige Goldsucher herbeiströmten. Fern- und Nahverkehr brachen zusammen, die Stadt lag im Koma. Den Behörden blieb nichts Anderes übrig, als einzuschreiten. Es war zwar nicht verboten, Gold zu verschenken, aber die öffentliche Ordnung durfte man nicht stören. Der Bürgermeister und einige Mitglieder des Stadtrats flogen mit einem Hubschrauber zu dem Gelände und wurden mangels Landeplatz auf das Dach des Wohnmobils abgeseilt. Sie flehten den Schreiner an, auf Versand umzustellen oder aufs Land zu ziehen oder weltweit Gold-Automaten aufzustellen. Meister Baranka Uff lehnte ab. Entweder übergab er seine Goldstücke persönlich oder er würde wieder in seinen Wald zurückkehren. Die Abordnung trat den Rückzug an, nicht ohne um ein paar Dukaten für die Stadtkasse zu bitten. Das wurde erfüllt; für Verwandte und Freunde wanderte stillschweigend ein Teil in die eigenen Taschen.

Der Goldpreis sank.

Eine Expertenkommission rechnete aus, dass der Wert der weltweiten Goldreserven sich in wenigen Jahren so vermindern würde, dass den Staaten Verluste in Milliardenhöhe entstünden, ja, dass Gold in absehbarer Zeit weniger wert sein dürfte als der Eisenschrott, mit dem man Hochöfen fütterte.

Niemand in der Stadt ging noch zur Arbeit, alle quetschten sich durch die Straßen, in der Hoffnung, zur Uffschen Goldfabrik durchzukommen. Es kam zu Gewaltausbrüchen, weil manche sich um die besten Plätze prügeln mussten. Nachdem die Ersten zusammengebrochen waren und nirgendwo eingeliefert werden konnten, wurde klar, dass man Baranka Uff seine Tätigkeit für alle Zeit verbieten musste.

Das »Uff–Gesetz«, wie man es nannte, wurde schnellstens verabschiedet und die Goldfabrik geschlossen. Es dauerte aber noch lange, bis sich die Menschen verlaufen hatten, ihre Arbeit wieder aufnahmen und der Goldpreis sich erholte. »Ich hab's doch nur gut gemeint«, sagte der alte Schreiner. Einen letzten Scherz erlaubte er sich jedoch. Und zwar stellte er den Aktenkoffer mit dem Knüppel auf den Marktplatz und stieg in sein Wohnmobil. Nach dem Anruf eines besorgten Bürgers errichtete die Polizei Sperren und evakuierte die umliegenden Häuser. Ein Bombenräumkommando rückte an. Der Entschärfungsroboter näherte sich dem Aktenkoffer und ... heraus sprang der Knüppel, der dem Roboter derart eins auf die Birne gab, dass seine Elektronik ihr künstliches Leben aushauchte. Dann verprügelte er reihum die Polizisten, Schaulustigen und Kamerateams. Der Meister lachte, als er es auf seinem Miniaturfernseher verfolgte. Der Knüppel bahnte sich nach getaner Arbeit seinen Weg zum Wohnwagen und verschwand im Sack des Meisters. Der fuhr nun zurück in seinen Wald, nicht ohne vorher den Pass mit dem dummen Namen zu schreddern. Uff!

Abgedruckt im "Größenwahn Märchenbuch" (2013). Pseudonym: Wilfried v. Manstein.
ISBN-13: ý978-3942223300

Der silberne Schlüssel

Zwei junge Leute, Timo und Lena, begaben sich auf den Weg in die Stadt, um eine Lehrstelle zu suchen.

Als sie durchs Tal gingen, entdeckte Lena auf einer Wiese die leblose Gestalt eines alten Mannes, dessen weißer Bart am Kinn spitz in die Luft stach. Gehüllt war er in einen geflickten, gräulichen Mantel, an den Füßen trug er schmutzige Schuhe.

Nachdem sie eine Weile hingeschaut hatte, sagte sie: »Der Mann braucht vielleicht Hilfe, wir sollten etwas tun.«

»Der alte Knacker ist sicher nur betrunken«, sagte Timo, und ging weiter den Hügel hinauf. Lena folgte ihm widerwillig, doch dann sagte sie: »Lass uns bitte nachsehen, was mit dem armen Kerl los ist.«

»Man soll sich nicht in die Angelegenheiten von Fremden mischen«, sagte Timo und stieg mit ausholenden Schritten den Hügel hinauf. Lena folgte ihm widerwillig.

Als sie oben angekommen waren und der Alte nur noch als winziger, dunkler Fleck wahrzunehmen war, blieb sie stehen und sagte: »Solange ich nicht weiß, was es mit diesem Menschen auf sich hat, mag ich nicht weitergehen.«

Timo antwortete: »Mach dir lieber Gedanken, was für eine Stelle du dir wünschst und wie viel Geld du da verdienen willst.«

»Jetzt wünsche ich mir erst einmal, dass dem alten Mann geholfen wird«, dachte Lena. Und so rannte sie wie der Blitz zurück, den Hügel hinunter und ließ Timo einfach stehen.

Der hatte keine Lust, zurückzugehen, setzte sich auf einen Baumstumpf, scharrte mit den Füßen und zündete sich eine Zigarette an.

Lena indessen kniete neben dem Alten und legte ihre Hand an seine Schulter. »Brauchen Sie Hilfe? Kann ich etwas für Sie tun?«

Der Mann öffnete langsam die Augen. »Du kannst mir nicht helfen und du sollst mir nicht helfen, denn das tut bereits ein Anderer. Aber weil du gekommen bist und weil du fragst, werde ich dir etwas schenken, was ich nicht mehr brauche.«

Er suchte eine Weile in seinen Taschen, dann zog er umständlich ein rundes Medaillon aus abgewetztem Messing hervor, hinter dessen zerkratztem Glas sich ein silbrig glänzendes Schlüsselchen befand.

»Schließt nicht aus,

schließt nicht ein,

will Helfer sein«.

Mit diesen Worten drückte er Lena das Medaillon in die Hand.

Timo trat seine Zigarette aus und schrie: »Komm endlich, wir müssen weiter!«

Lena indessen bedankte sich herzlich, verstaute das Geschenk in ihrem Rucksack und sagte: »Auf Wiedersehen und alles Gute für Sie!« Dann stapfte sie wieder den Hügel hinauf.

Später, in der Stadt, fragten sich die beiden, wo sie mit ihrer Suche nach einer Lehrstelle beginnen sollten.

Timo ging einfach los und klingelte an vielen Türen. Doch wo immer er sich vorstellte, den richtigen Meister fand er nicht.

Lena hingegen erinnerte sich an das Medaillon des alten Mannes.

»Schließt nicht aus,
schließt nicht ein,
will Helfer sein,«
hatte der alte Mann gesagt.

Sie holte es aus ihrem Rucksack und nachdem sie es eine Weile ruhig in der Hand gehalten hatte, begann sich der winzige, silberne Schlüssel hinter dem verschrammten Glas zu drehen wie eine Kompassnadel. Der folgte sie und gelangte zu einem Meister, der sie überaus freundlich behandelte, gut bezahlte und ihr alles beibrachte, was sie wissen musste.

Und auch später, über die Jahre, half ihr das silberne Schlüsselchen, Menschen zu finden, die das Herz auf dem rechten Fleck trugen.

Der reiche Mann und der junge Mann

Ein reicher Geschäftsmann hatte vor vielen Jahren in einem fernen Land ein Haus samt Olivenhain gekauft.

Weil er viele andere Interessen hatte, konnte er sich nicht recht darum kümmern, sodass es verfiel und die Ratten darin nisteten und niemand die Oliven erntete, die zu Boden fielen und verdarben.

Eines Tages kam er mit einem jungen Mann ins Gespräch.

Er klagte, dass er keine Zeit habe, sich um alle seine Besitzungen zu kümmern, dass das Haus im fremden Land verfalle und der Olivenhain verwildere und der Brunnen vertrockne.

Der junge Mann sagte:»Ich besitze gar nichts und wenn du mir das Haus und den Olivenhain schenkst, bist du diese Sorge los.«

Da lachte der Geschäftsmann und sagte:»Da magst du recht haben, aber ich habe nicht mein Leben lang gearbeitet, um die Früchte meiner Arbeit zu verschenken.«

Ein Jahr später traf er einen anderen jungen Mann und beklagte sich abermals über den traurigen Zustand des Hauses im fernen Land.

Dieser junge Mann sagte:»Ich habe keine Arbeit und fühle mich nicht wohl an dem Platz, an dem ich lebe. Vielleicht könnte ich mich um dein Haus kümmern und den Brunnen in Ordnung bringen und die Oliven ernten, sodass sie nicht verfaulen?«

Die beiden fuhren in das ferne Land und besichtigten das Haus und den Olivenhain und besprachen, wie man alles wieder in Ordnung bringen könne. Und so geschah es. Der junge Mann renovierte das Haus und verschönerte es und beschnitt die Bäume und erntete die Oliven. Nach einiger Zeit warf der Besitz sogar einen Gewinn ab, den der Geschäftsmann aber nicht einforderte.

Als er dann viele Jahre später im Sterben lag, ließ er ein Testament verfassen, in dem er dem jungen Mann Haus und Olivenhain vermachte.

Worte – nichts als Worte ...

Es war einmal ein Buch, das stand in einer Bibliothek. Ewigkeiten waren vergangen, seit jemand es aufgeschlagen oder gar ausgeliehen hatte und die Seiten waren arg vergilbt. Die Bindung begann sich aufzulösen und es roch auch nicht besonders gut, denn der Raum wurde selten gelüftet.

Die Wörter in diesem Buch waren verblasst und hatten lange nicht mehr miteinander gesprochen – es herrschte meist Totenstille zwischen den Seiten. Viele Wörter sahen keinen Sinn mehr darin, sich zu äußern. Sie waren zu hohlen Worten oder gar toten Wörtern geworden.

Aber ein Wort gab es, das sich nicht mit diesem Zustand abfinden wollte und das hieß Wahrheit. Die Wahrheit spitzte die Ohren und lauschte in das Buch hinein, in der Hoffnung auf das eine oder andere Lebenszeichen. Da war ein gelegentliches Klicken eines Konsonanten oder das Brummen eines Vokals zu hören, sogar einige Wortfetzen flatterten vorüber.

Die Wahrheit schöpfte Hoffnung und machte sich auf den Weg durch die Seiten des Buches.

Als sie das Sprichwort fand, stieß sie es mit dem Fuß an und rief: »He, lebst du noch?«

Das Sprichwort klappte eines seiner uralten, müden Augen auf und murmelte: »Reden ist Silber, Schweigen ist Gold.« Dann stellte es sich mundtot.

»So leicht kommst du mir nicht davon!«, sagte die Wahrheit und schlug ihm das Ausrufungszeichen über den Kopf.

»Wort ohne Tat ist ein Acker ohne Saat«, presste das Sprichwort hervor und murmelte dann aufgebracht: »Besser eine Lüge, die heilt, als eine Wahrheit, die verwundet«.

Die Wahrheit aber hatte verstanden: Sie musste etwas tun, um ihre Sehnsucht zu stillen und vielleicht sogar am Ende einen Wortschatz zu finden.

Sie las das ganze Buch, legte jedes Wort auf die Goldwaage und entdeckte auf diese Weise die Freiheit. Die wirkte noch recht frisch und lebendig. Das Sprichwort, das die Sache am Rande mitverfolgt hatte, nuschelte vor sich hin: »Freiheit, wie gering, ist doch ein teuer Ding.«

»He Freiheit«, rief die Wahrheit.

»Vom Wahrsagen lässt sich's wohl leben in der Welt, nicht aber von der Wahrheit«, zitierte die Freiheit.

»Fühlst du dich wohl an diesem Ort?«, fragte die Wahrheit.

»Schon lange nicht mehr, denn dieses Buch ist furchtbar langweilig,« sagte die Freiheit. »Ich habe freie Bahn, aber wohin? Ich habe freie Hand, aber wofür? Ich habe freie Wahl, aber es gibt so unendlich viele Möglichkeiten, dass ich wie gelähmt bin. Um meine Gesundheit zu erhalten und den Kopf frei zu kriegen, laufe ich jeden Tag ein bisschen zwischen den Seiten, wovon ich allerdings meist Seitenstechen kriege.«

»Als Wahrheit könnte ich dir sagen, was man gegen die Langeweile tun kann«, sagte die Wahrheit.

»Was denn?«, fragte die Freiheit neugierig.

»Wir gehen auf Wanderschaft.«

»Hinaus in die Freiheit? Keine schlechte Idee.« Und nach kurzem Nachdenken fügte sie hinzu: »Warum hast du es nicht längst versucht?«

Die Wahrheit antwortete: »Denk doch mal nach. Um hier herauszukommen, muss man frei sein! Tun wir uns also zusammen und gehen auf die Reise!« Gesagt getan. Die beiden Wörter griffen sich einen Bindestrich und verließen das alte, nutzlose, muffige Buch.

Ein paar Stockwerke höher fanden sie ein Lehrbuch der Philosophie. Es war viel dicker als ihr altes Zuhause und auch viel besser gebunden und es wurde noch fleißig von den Benutzern der Bibliothek ausgeliehen.

»Hier finden wir vielleicht eine neue Heimat«, sagte die Freiheit und sie klopften an.

Da ertönten viele wortgewaltige Stimmen aus dem Plastikeinband, die riefen: »Nein, nein. Dieses Buch ist schon besetzt! Es ist gespickt mit Wahrheiten. Selbst die Fußnoten sind prall gefüllt damit. Wahrheiten, die sich widersprechen. Wahrheiten, die sich bekämpfen. Wir sind überfüllt und die dauernden Wortgefechte sind kaum auszuhalten. Selbst nachts herrscht ständiges Wortgeklingel.«

Und so gingen sie weiter.

Und kamen zu einem anderen Buch, das enthielt nicht nur Wahrheit, es hieß *Die Wahrheit*. Aber bevor sie anklopfen konnten, schrie eine Stimme aus dem Buch: »Fort! Hinweg! Kommt mir nicht zu nahe! Ich bin die einzige Wahrheit, die größte Wahrheit, die letztendliche Wahrheit, – keine Wahrheit kann neben mir bestehen!«

»Aber ich bin doch auch die Wahrheit. Wie kann ich etwas anderes sein als du?«

»Es kann nur eine einzige Wahrheit geben«, sagte das Buch und schlug sich selbst mit lautem Knall den beiden Wörtern vor der Nase zu. Dabei entwich ihm eine so ekelhafte Staubwolke, dass Freiheit und Wahrheit husten mussten.

Sie klopften sich gegenseitig den Staub von den Buchstaben und die Wahrheit sagte: »Die Wahrheit scheint ein kompliziertes Ding zu sein, vielleicht sollten wir es mal mit der Freiheit versuchen?«

Gesagt getan.

Bücher über Freiheit waren recht selten, aber schließlich fanden sie eines. Es sagte: »Die Freiheit darf ruhig hereinkommen, aber die Wahrheit muss draußenbleiben.«

»Warum denn das?«, fragte die Freiheit. »Die Wahrheit ist mein Freund, wir sind zusammen auf Wanderschaft und wollen uns auf keinen Fall trennen.«

»Es gibt keine endgültige Wahrheit«, antwortete das Buch über die Freiheit. »Jeder ist frei, seine eigene Wahrheit zu finden. Daher sind wohlfeile Wahrheiten hier nicht erwünscht. Ihr müsst weiterziehen.«

»Weißt du nicht einen Ort, an dem wir willkommen wären?«, fragte die Freiheit.

»Versucht es mal bei der Weisheit. Die weiß vielleicht guten Rat.«

Aber Bücher der Weisheit waren noch seltener als Bücher der Freiheit. So groß die Bibliothek auch war, Weisheit war keine darin zu finden. Unsere Wörter mussten das riesige Gebäude verlassen und vagabundierten durch die Stadt und gelangten schließlich zu einem Stapel von Papieren, an denen ein Schriftsteller arbeitete, der seine Arbeit sehr ernst nahm und alle Weisheitslehren der Welt studiert hatte.

Anklopfen konnte man dort nicht, denn es handelte sich um lose, vom Luftzug bewegte Blätter, denen man ansah, dass sie ständig ausgetauscht und korrigiert wurden.

Die Weisheit auf diesen Manuskriptseiten hatte die beiden schon von weitem bemerkt und ehe Freiheit und Wahrheit den Mund aufmachen konnten, verkündete sie: »Was ich da schwarz auf weiß vor mir sehe, sind nur Wörter. Freiheit, paah, Wahrheit, puuh. Wörter können nicht sein, was sie bezeichnen. Ihr seid nur Symbole; eigentlich nur schwarze Pünktchen. Fliegendreck.

Mein weiser Autor möchte ein Buch über die wahre, wirkliche Wahrheit und die wirkliche, wahre Freiheit schreiben. Ihr Worthülsen taugt doch nur zum Plappern und Salbadern, Schwadronieren und Schwätzen.

Geht hinaus in die Welt, und stellt euch der Wirklichkeit und wenn ihr das geworden seid, was ihr bezeichnet, könnt ihr meinetwegen zurückkommen.«

Mit diesen Worten verschwand die Weisheit im Wust der Papiere.

»He Moment!«, rief die Wahrheit. »Wenn wir nur Wörter sind, dann trifft das doch auf dich auch zu, oder?«

»Das ist ja das Problem«, sagte die Weisheit und streckte ihr »W« aus dem Stapel. »Mir geht es wie euch.

Allerdings kenne ich den Namen der Krankheit, Ihr aber nicht.«

»So?«, fragte die Freiheit. »Wie heißt denn die Krankheit?«

»Wortklauberei!« rief die Weisheit und verschwand in ihrem Blätterstapel. Keine Silbe war mehr von ihr zu hören. Das machte die beiden Wörter sehr traurig. Sie suchten sich ein Plätzchen in einem der Wörterbücher auf dem Regal, um sich auszuruhen und zu beratschlagen, was als Nächstes zu tun sei.

Am nächsten Morgen setzte sich der Schriftsteller an seine Schreibmaschine, spannte ein leeres Blatt ein und bohrte in der Nase.

Dann blätterte er ratlos durch den Stapel seiner Manuskriptseiten.

Die Wahrheit und die Freiheit wachten auf. Hurtig hüpften sie aus dem Wörterbuch und tanzten vor seinen Augen und schwirrten ihm im Kopf herum, um auf sich aufmerksam zu machen.

Der Autor rieb sich die plötzlich juckende Nase und zog an seinen Ohrläppchen.

Schließlich schrieb er viele kluge Worte über den Willen zur Wahrheit und den Drang zur Freiheit, aber dann schüttelte er den Kopf, raufte sich die Haare, riss das Papier aus der Maschine und warf es in den Kamin.

»Wir werden verbrannt werden, wenn wir hier im Kamin bleiben«, sagte die Wahrheit.

»Mir wäre es recht«, sagte die Freiheit. »Dann hat die Suche ein Ende und wir sind wirklich frei.«

Und die Wahrheit murmelte nachdenklich:»Vielleicht hast du recht. Die Wahrheit mag in dem liegen, was nicht gesagt werden kann.«

Die beiden Wörter warteten also im Kamin, bis der Schriftsteller sich am Abend mit einem Glas Wein davor setzte und das Feuer hell aufloderte.

Und während sie ohne einen Mucks verbrannten, lösten sie sich auf und kehrten zu ihrem Ursprung zurück, zum Nichts, zur Leere. Aber das waren keine leeren Worte, sondern das war unendliche Fülle. An diesem Ort waren sie eine Einheit geworden, nicht nur miteinander, sondern mit allen Wörtern, die es gab und die es noch geben würde.

Und der Schriftsteller schaute in die Flammen und merkte es auch. Nur wie er das aufschreiben sollte, wusste er immer noch nicht.

3. Preis beim 1. Landschreiber-Wettbewerb Leipzig „Mit Sprache über Sprache". (2013). Pseudonym: Wilfried v. Manstein.
ISBN-13: 978-3939211600

Paulchen Cairo

»Also ehrlich, dass in einem Krankenhaus-Café geraucht werden darf, ist doch echt das Letzte!«

»Ab ersten Juli ist Schluss damit!«

»Nein wirklich? Dann kann ich ja auf eine Beschwerde verzichten!«

Der Mann im grünen Anzug schob, nach einem Blick auf die Rechnung, einen Zehn-Euro-Schein unter den altertümlichen blauen Glasaschenbecher mit der Zigarrenwerbung und eilte seinem Freund hinterher.

Paulchen war entsetzt. »Ist das wahr?« flüsterte er und versuchte mühsam, zu der neben ihm stehenden Isidora Munkelmann hochzuschauen. Die kräuselte die Lippen und verdrehte die Augen. Dann näselte sie: »Das Rauchen in diesen Räumen wird strengstens verboten sein, wie unsereins es ja seit Anbeginn predigt, denn es schadet den Blumen und den Gardinen.«

»Und was wird aus mir?«

»Sie werden entsorgt! Sie sind gesundheitsschädlich, hässlich und hoffnungslos veraltet.«

Paulchen, der achteckige gläserne Aschenbecher, wollte eigentlich tief einatmen, kriegte aber keine Luft und produzierte stattdessen einen grauenvollen Husten, der an verrußte Lungen oder sterbende Asthmatiker erinnerte. Das war ihm noch nie passiert, obwohl Hunderttausende von stinkenden Zigaretten, Zigarren, Stumpen und Zigarillos in ihm ausgedrückt worden waren.

Damit hatte er nie ein Problem gehabt – im Gegenteil, es entsprach seinem Lebensentwurf. Ganz nebenbei nahm er Bonbonpapiere auf, Kaugummi, zerrissene Liebesbriefe, abgezählte Blütenblätter, Streichhölzer und Zahnstocher, Haarklammern, kaputte Gummibänder, verdrehte Büroklammern, Wattestäbchen und sogar verbrauchte Ohropaxe. Jeder dieser Gegenstände erzählte eine spannende Geschichte, wenn man nur zuzuhören vermochte. Auch Nasenpopel, ausgerupfte Nasenhaare, Grind, Fingernägel und sonstige menschliche Proben schluckte er ohne Murren – sogar ein gefülltes Kondom hatte mal jemand in ihm abgelegt.

Isidora Munkelmann hatte dieses Kondom nie vergessen, aber sie hätte sich eher den zierlichen Henkel abgebissen, als das zuzugeben. So etwas war undenkbar für eine klassizistische Vase.

Paulchen hingegen hatte dem Kondom stundenlang ein Loch in den Bauch gefragt, denn er interessierte sich brennend für alle menschliche Themen. Er liebte die Menschen, ihre Geschichten, Probleme und heimlichen Tätigkeiten. Das Krankenhauscafé war der richtige Platz für solche Vorlieben, hier ging es um fröhliche Geburten und Geburten mit Komplikationen, schwere Krankheiten, Pläne für die Zukunft oder einen bevorstehenden Tod.

Und damit sollte es nun zu Ende sein?

Paulchen wusste aus den vertraulichen Gesprächen im Café, was der Tod war – allerdings hatte er sich nie Gedanken gemacht, dass es ihn auch selbst betreffen könnte. Was würde passieren, wenn man ihn »entsorgte«, wie Isidora sich ausdrückte? Trat der Tod schon ein, wenn man in den Tiefen eines Glascontainers verschwand, oder erst, wenn man eingeschmolzen wurde? Verließ die Seele den Körper als Einheit, oder wurde sie in kleinste Teilchen zerlegt, die wie Einzeller mit Flügeln durch die Welt flatterten, um irgendwann wieder zusammengesetzt zu werden?

»Du wirst es bald erleben«, sagte Isidora, »man wird dich auf einem Lastwagen voll Schutt und Unflat auf den Müllplatz fahren!«

Hatte er laut gesprochen? Wie peinlich.

»Was macht Sie so sicher, dass Sie nicht auch auf diesem Müllplatz landen?«

»Ich doch nicht«, entgegnete die Vase und reckte sich hoch über die Tischplatte, »ich bin eine echte KPM, wohingegen Sie nur ein hundsgemeiner Reklame-Aschenbecher sind, ein Werbegeschenk. Es wundert mich ehrlich gesagt, dass man Sie so lange in diesem Etablissement geduldet hat.«

Paulchen schluckte. Wie oft hatte er solche Sprüche hören müssen!

»Ich bin von königlichem Geblüt, handgefertigt in der Königlichen Porzellan-Manufaktur zu Berlin.«

Mitglieder des Adels – teure Pillendosen, goldene Feuerzeuge, lederne Zigarrenetuis – hatten ihm zugeraunt, dass Isidora in Wirklichkeit eine plumpe Nachahmung war, wohingegen es sich bei ihm immerhin um einen echten »Die gute Cairo« handelte, ein wertvolles

Sammlerstück. Doch solche Versicherungen konnten sein Selbstbewusstsein nicht stärken. Tja, wenn er wenigstens ein bisschen Adel besessen hätte – wie der Lord Extra vom Tisch nebenan ... Einmal hatte sich eine laszive Handtasche von Louis Vuitton in ihn verliebt:

»...Und kam sie in Ekstase, dann schob sie auch den Leuchter nach – der war aus blauem Gla-a-se.« hatte sie gesungen, bevor man sich schluchzend trennte. Niemals würde er ihren Duft nach Parfum und Leder, nach frischer Seebrise auf Kreuzfahrtschiffen, nach Pferdeturnieren und Autorennen vergessen. Seine Sehnsucht nach solchen Abenteuern wuchs und wuchs – doch näher und näher rückte der Tag, an dem all dies nicht einmal mehr gedacht werden konnte.

Renate Lebwohl und ihre Freundin Doris saßen schon eine ganze Weile an Paulchens Tisch und unterhielten sich über Renates Mann.

»Er müsste nur abnehmen und den Alkohol reduzieren, dann bräuchte er nicht hier sein«, klagte Renate und Doris fügte hinzu: »und das Rauchen einstellen!«

Paulchen zuckte zusammen.

»Da hast du recht«, sagte Doris und schaute auf die Uhr. »Oh, ich müsste längst zu Hause sein!«

»Ich auch!«

»Ich müsste vor allem mal nach Pünktchen schauen!«

»Ach Gottchen, sitzt die etwa im Auto?«

»Sie hat bestimmt Durst.«

»Bring ihr halt ein bissel Wasser! Hier nimm den Aschenbecher!«

Doris schaute sich um und flüsterte:»Das kann ich doch nicht machen!«

Sie stand auf und ging zu der reizenden alten Dame hinterm Tresen. Nach einer Weile kam sie lachend zurück.

»Stell dir vor, ich soll nicht nur, wie du gesagt hast – den Aschenbecher nehmen – sondern brauche ihn auch nicht zurückbringen. Ab ersten Juli ist das Rauchen im Krankenhauscafé untersagt und dann wird das Teil nicht mehr gebraucht.«

»Na prima!«

Doris füllte Paulchen mit frischem Wasser und deponierte es im Kofferraum ihres Autos. Die Frauen ratschten noch lange weiter, und Isidora verdrehte gelangweilt die Augen.

Paulchen freundete sich unterdessen mit Pünktchen, der Chi-hua-hua-Dame an. Die setzte später bei ihrer Dienerin Doris durch, dass Paulchen als Trinkgefäß stets mitgeführt werden musste. So fuhr er im Auto herum und sah eine Menge von der Welt, die er bisher nur aus Erzählungen kannte. Zusammen mit seiner neuen Freundin besuchte er Autobahnparkplätze, Schrebergärten, Vergnügungsparks und Jahrmärkte. In einem Biergarten bot ein Sammler eine Menge Geld für ihn, aber Pünktchen protestierte so lautstark, dass das Geschäft nicht zustande kam. Auf einem Friedhof wurde ein anderer Sammler beim Versuch, ihn zu stehlen, von Pünktchen gebissen und von Doris ins Krankenhaus gefahren.

Dort fragte er nach der Vase Isidora Munkelmann und musste erfahren, dass man sie im Zuge der Renovierung des Krankenhauscafés in einem Müllcontainer entsorgt hatte.

Das machte ihn aber überhaupt nicht traurig.

Diese Geschichte wurde für den Putlitzer-Preis 2007 nominiert.

2. Ausgeflipptes

Blauäugig

Er lag mit geschlossenen Augen in seiner tiefgekühlten Schublade und lächelte.

Ich bestätigte, dass ich ihn als lebenden Sky James gekannt hatte.

Der Leiter der Gerichtsmedizin erlaubte mir, in dem dicken Ordner zu blättern, der sein Ende und das Ende unseres gemeinsamen Projektes dokumentierte.

Sein letztes Werk war ein »Himmelszelt« gewesen, eine aufblasbare Halbkugel aus weißem Plastik, in die er sich hineinlegte, um seine himmlischen Lasershows zu genießen. Über der Projektionstechnik hatte er laut Gutachten die Sauerstoffversorgung vergessen, seinen mit Kohlendioxyd angereicherten Atem inhaliert und war daher in der Blase erstickt.

Wir hatten uns in Las Vegas kennen gelernt, durch einen seltsamen Zufall. Ich hatte an einer Wohltätigkeitsveranstaltung zugunsten gefallener Mädchen teilgenommen und meinen Porsche vor einem verlassenen Grundstück geparkt, das ich aber nicht mehr wiederfand. Plötzlich stand ein zerlumpter, wild aussehender Indio mit einer Nase wie aus einem meiner alten Kinderbücher vor mir, als wäre er vom Himmel gefallen. Er lachte, als er mein erschrockenes Gesicht sah.

Doch dann half er mir, den Wagen zu finden. Ich bot ihm Geld an, doch trotz seiner zerrissenen Kleider und dem verhungerten Aussehen wollte er nichts annehmen. Ich schaute ihm in die Augen und war fasziniert.

»Ich dachte immer, Indio hätten braune Augen ...«

»Das ist das englische Blut. Einer meiner Vorfahren gehörte zur verlorenen Kolonie von Roanoke Island.«

So kamen wir ins Gespräch. Ich fragte ihn, woher er so plötzlich aufgetaucht war.

»Die trockene Erde hat mich ausgespuckt. Ich stieg aus der Unterwelt.«

Ich dachte zunächst, er mache einen Scherz, aber er meinte eine wirkliche, physische Unterwelt, von der selbst in Vegas die meisten nichts ahnen. Hunderte vegetieren in diesem Hades, der aus achthundert Meilen mannshoher Röhren und Tunnelbauten besteht. Bei Regen können sie sich binnen Minuten mit reißenden Wassermassen füllen, was zwar selten vorkommt, aber zuweilen doch geschieht. Wer dort kampiert, wird mit großer Wahrscheinlichkeit sterben, wenn es mal wieder so weit ist. (Ein Wunder, dass die Stadtverwaltung in dieser Sache noch nichts unternommen hat – auf die eine oder andere Weise.)

»Leben Sie etwa da unten?«

»In Dunkelheit und Stille kann ich mich besser konzentrieren. Ich bin auf der Suche nach der Himmelsformel«.

Einer dieser Spinner, dachte ich.

»Sie ist einfach, sie ist elementar, sie ist einheitlich, sie ist überirdisch schön.«

»Und was tun Sie damit, wenn Sie sie gefunden haben?«

»Vielleicht werde ich es Ihnen irgendwann zeigen.«

Nachdem ich ihn dazu überredet hatte, in meinem Hotelzimmer zu duschen, was nicht ohne einen saftigen Fick abging, und zu einem Friseurbesuch sowie neuen Klamotten, selbstverständlich auf meine Kosten, denn ich schwimme in Geld, schlenderten wir über den Strip und setzten uns in der Einkaufsmeile des Caesars Palace in ein Café. Er deutete nach oben. »Nur ein einziger langweiliger Himmel, vierundzwanzig Mal am Tag, nicht die geringste Abwandlung.« Erst jetzt bemerkte ich, dass es sich um einen künstlichen Himmel handelte, eine tonnenförmige Kuppel, in die im Stundenrhythmus ein voller Tag projiziert wird – Morgenrot um fünf, Orion und großer Wagen um fünf Uhr fünfundfünfzig und schon fängt die Show wieder an mit bonbonrosa Wattewölkchen.

Was Sky dagegen im Sinn hatte, war ein Computerprogramm, das einen künstlichen Himmel hervorbringen konnte, neben dem der echte Himmel über der Landschaft wie eine ungeschickte Imitation wirkte.

»Den Himmel von Las Vegas zu übertreffen ist doch sicher nicht allzu schwer?«

»Ich habe lange in der Mojave-Wüste gelebt und Tage und Wochen nach oben gestarrt. Selbst der langweiligste Himmel ist unendlich schön – aber man kann es besser machen. Zufallsgeneratoren sind die Schlüsseltechnologie, sie erzeugen Wassertröpfchen und Eiskristalle, Wind und Temperaturen, Luftschichten, Isobaren, Aufwinde und Färbungen – jede Sekunde andere Formen, jede Stunde andere Arten von Wolken, jeden Tag andere Schattierungen von Blau, Rot, Gelb und Grün.

Cirrus, Kumulus, Nimbus, Himmelserscheinungen wie Höfe um Mond und Sonne, Glorien, Strahlen, die aus Wolkenlücken dringen, Regenbögen ...«

»Und am Ende der Regenbögen Töpfe voll Geld?« Ein Schatten verdunkelte Skys blaue Augen. Schuldbewusst streichelte ich seine Wange.

»Man könnte doch eine Menge Geld mit einer solchen Technologie verdienen, oder etwa nicht?«, sagte ich leise.

»Geld interessiert mich nicht«, flüsterte er. »Ich will die Formel. Vierdimensionale Fraktale, höchstauflösend, subatomare Pixel. Man kann versuchen, es mit immer größer werdender Rechenleistung zu simulieren, aber das wäre ein Irrweg. Meine Formel wird so einfach sein, wie der Algorithmus, der der Mandelbrotmenge zugrunde liegt. Er wird feinste Muster erzeugen, wie sie auf der irisierenden Schicht einer Seifenblase erscheinen, unendlich reich und doch beruhend auf Simplizität.«

Ich legte meinen Kopf an seine Schulter und schaute hoch zum künstlichen Firmament, das mir nun ebenso lächerlich erschien, wie der gemalte Himmel in einer der anderen Hotellandschaften von Vegas, in der unter Brücken aus imitiertem Marmor kitschige Gondeln fahren.

Später projizierte er mit Hilfe eines Beamers seine ersten Versuche an die Decke meiner Suite – nicht sehr überzeugend, aber ich hatte ja in den letzten Jahren miterlebt, wie schnell sich blinkende grüne Buchstaben auf den gläsernen Bildschirmen meiner Büros in gestochen scharfe Bilder auf leinwandgroßen, flachen Displays verwandelten; wie Modelle ausgestorbener Säbelzahntiger und Flugsaurier sich natürlicher bewegten, als echte Tiere in freier Wildbahn; wie man nicht mehr wusste, ob Vulkanausbrüche und Flüge über Landschaften gefilmt, oder am Computer modelliert und animiert worden waren.

Jedes Mal nach dem Verkehr lagen wir mit geschlossenen Augen auf meinem monströsen Hotelbett, und er schwärmte von simulierten Himmelsgewölben in überirdischem Blau, mit heiteren Schäfchenwolken, luftigen Himmelsfedern, Wolken mit lachenden Gesichtern, die sich zu Elefanten mit langem Rüssel wandelten, zu durchscheinenden Fischkörpern dehnten, zu geflügelten Göttern, Engeln, Drachen und reitenden Janitscharen verfestigten. Kitschig und doch tief in die Seele dringend.

Dann kamen die Nächte. Ich phantasierte mit ihm zusammen von pulsierenden Polarlichtern und ejakulierten Milchstraßen, lachenden Vollmonden oder messerscharfen Mondsicheln, von einem karmesinroten Mars und einer glänzend perlmutten Venus auf mattschwarzem Samt. Und dann verfremdeten wir diese Spinnereien und mischten sie mit Visionen aus Zukunftsromanen – Sternschnuppenschwärme regneten auf uns nieder, Kaskaden von Nebensonnen erleuchteten uns und ein zweiter blauer Planet tanzte im Rhythmus unserer mit himmlischer Lust erfüllten Körper.

Irgendwann fragte ich ihn, wie viel Geld man brauchen würde, um solche Visionen zu verwirklichen.

Er rechnete eine Stunde lang, verbrauchte mein ganzes Briefpapier, bis er mir die lächerliche Summe von zwanzigtausend Dollar nannte. Er meinte es ernst, wollte mich nicht betrügen, aber das konnte nichts werden. Also gab ich ihm eine halbe Million.

»Besorge dir gute Leute und das beste Equipment und wenn du mehr brauchst, ruf mich an.«

Unser Abschied war traurig. Ich versprach ihm, dass wir telefonisch in Verbindung bleiben würden und dass ich bald wiederkäme.

Doch weltweite Geschäfte hielten mich auf Trab. Oft träumte ich von den Himmelsphantasien meines Freundes Sky, und wenn ich mal nicht schlafen konnte, stellte ich mir glitzernde Sternenhimmel vor, mit skurrilen Sternbildern und lächelnden Monden und umeinander kreisenden Doppelplaneten.

Ich buchte mehrere Reisen nach Vegas, aber immer kam etwas dazwischen. Außerdem hatte ich längst mehrere neue Liebhaber ausprobiert, so dass ich mich an Skys Gesicht und Körper kaum noch erinnerte. Nur die Himmelsformel, die ging mir nicht aus dem Kopf. Wenn ich Muße hatte, was selten geschah, verfolgte ich die gezupften Wattebäusche über der Skyline von Singapur, riesige Spitzmäuse mit offenen Mündern, an deren Brüsten Seepferde saugten; grünliche Quallen und Tintenfische über der amerikanischen Ostküste, die sich im Schein des Sonnenuntergangs blutrot verfärben, von Lichtpfeilen durchbohrt werden und schließlich als schwarze Vogelscheuchen vor einer schwefelgelb leuchtenden Banderole sterben.

Das Ende kam wie aus heiterem Himmel. Man hatte meine Adresse zwischen Skys Sachen gefunden, und da es keine Angehörigen gab, hatte man mich gebeten, ihn zu identifizieren. So flog ich schließlich doch noch nach Vegas.

Auf den Fotos waren die Geschäftsräume der Firma *Sky Productions* zu sehen. Es sah dort aus, wie ich mir die Behausungen der Obdachlosen in der Kanalisation vorgestellt hatte: Müll türmte sich, eine Matratze zwischen Bergen von zerfledderten Akten, Elektroschrott und Essensresten. Der Vermieter hatte wegen Ungezieferbefall den Gerichtsvollzieher geschickt und produziert hatte die Firma in zwei Jahren – nichts.

Vom Keller aus hatte Sky einen Gang in die Unterwelt gegraben und dort seine Animationen an die Decke eines Tunnels projiziert. Laut Aussage eines Tunnelbewohners hatte er zu Anfang noch Zuschauer gehabt, doch als die Himmelsvisionen immer bedrohlicher wurden – Skelette, Atompilze, gespaltene Schädel, Totentänze, Sonnen mit schrecklichen Augen und aufgerissenen Mündern – wollten nicht einmal die verrücktesten Penner das noch sehen.

Dann hatte er sich dieses Zelt bauen lassen, geformt wie ein aufgeblasener Burger aus Fließkristall, kein Bildschirm mehr, sondern ein Ballon, in dem er vollständig von seinen dreidimensionalen Bildern umgeben war.

Bevor der Angestellte der Gerichtsmedizin die Schublade wieder zuschob, hatte er mir noch die Schrift gezeigt, die Sky sich auf die Brust hatte tätowieren lassen: »Ich werde einen Himmel bauen, wie kein Mensch ihn jemals sah!«

Das Lächeln auf seinem toten Gesicht ließ mich hoffen, dass er sich nun in diesem Himmel befand.

Die »Therapie«

Nabo hatte mal wieder versagt. Er steuerte auf ein graffitibesprühtes Bänkchen zu, das am Rande eines vergammelten Spielplatzes stand.

Dort saß eine junge Frau, die rauchte und in einem Krimi blätterte. Er setzte sich daneben. »Schönes Wetter heute, wie?«

»Wurde aber auch langsam Zeit«, antwortete sie.

Mit den plattesten Sprüchen kam man immer bestens ins Gespräch, dachte er und versuchte, ihr Parfum zwischen den verlockenden Tabakrauchmolekülen zu erschnuppern.

Sie sah nicht übel aus, aber nur, wenn man genau hinschaute. Auf den ersten Blick wirkte sie mickrig und hatte einen frustrierten Zug um den Mund. Die Art von: *mein Mann hat sich nach dem zweiten Kind verpisst und nie mehr blicken lassen.*

Auf den zweiten Blick hatte sie was Kindlich-Unschuldiges, das ihm gefiel. Ihre Wäsche lief wohl im Automatensalon gegenüber, jedenfalls schielte sie von Zeit zu Zeit auf die andere Straßenseite.

»Haben Sie Wäsche laufen?«, fragte er.

»Genau. Und was machen Sie hier um diese Zeit?«

»Ich sitze in der Scheiße.«

Sie lachte. »Da haben Sie recht. Eine Schande, wie das hier aussieht.«

»Hätten Sie mal eine Zigarette für mich?«, fragte er.

Sie bot ihm eine an, gab ihm Feuer. Er zeigte mit einer unbestimmten Handbewegung die Straße runter.

»Die hatten eine Anzeige in der *Village Voice*: *Raucherentwöhnungsinstitut sucht erfahrenen Hypnosetherapeuten* und die Idioten haben mich nicht genommen.«

»Sie sind Hypnosetherapeut?«

»Nicht wirklich. Ich habe mal bei einem Jahrmarktshypnotiseur gearbeitet. Aber ich mache eine ausgezeichnete Therapie. Die müssen trotz Zähneputzen was gerochen haben.«

»Oder sie haben Ihre gelben Finger bemerkt.«

Nabo lachte gluckernd und betrachtete seinen ausgestreckten Zeigefinger.

Ein kleiner Rauscheengel mit Rotznase fuhr auf seinem Fahrrad vorbei.

»Annie, was hast du da in der Hand?«

Die Kleine fuhr erst mal eine große Schleife.

»Gutscheine von McDonalds.«

Der Engel wedelte mit einem Packen Papierchen.

»Lass schön die Hand am Lenker, du fällst sonst.«

Annie kam und hielt ihrer Mutter die Scheinchen hin: *je eine kleine Portion Pommes, einzulösen bis zum Dritten*, stand da drauf. Heute war der Dritte und sie hatte mindestens zwanzig davon.

Nabo räusperte sich: »Entschuldigen Sie, Madam, dürfte ich Ihre Tochter fragen, ob sie mir einen oder zwei davon verehren würde, ich habe nämlich mächtigen Kohldampf und keinen Cent in der Tasche«.

Die Beiden musterten ihn von oben bis unten.

Die Mutter nahm dem Kind wortlos den ganzen Packen aus der Hand und überreichte ihn Nabo.

Das Kind fing an zu heulen.

»Erstens brauchst du sie nicht, zweitens gelten sie nur noch heute, drittens hat dieser Gentleman Hunger. Du hast schließlich genug zu essen.« Er zählte drei Gutscheine ab und gab dem Kind den Rest zurück. Die Tränen versiegten sofort. »Ja, ja. So sind sie«, sagte er. »Und wo ist bitte dieser McDonalds?«

Annie fuhr mit ihrem Rädchen los und winkte Nabo, ihr zu folgen.

Der stand auf, schaute fragend zur Mutter, die nickte.

Eine Kuhle in seinem Bauch dehnte sich rhythmisch, als er den Laden roch. Die Farbige am Counter meinte, er dürfe nur jeweils einen Gutschein einlösen, aber dann gab sie ihm wortlos zwei Portionen und dazu eine Cola. Dabei rollte sie mit den Augen. Er dachte: In der Not funktioniert meine Ausstrahlung immer noch am besten. Annie gönnte sich noch eine Eiscreme, die wievielte wohl?

Am Tisch klaute sie ihm eine Pommes und tunkte sie in seinen Ketchup. Er grinste. Sie waren eben schon alte Freunde.

Er steckte sich zwei Fritten in die Nasenlöcher und schnitt eine Grimasse dazu. Annie lachte.

Mit Kindern fühlte Nabo sich immer selbst wie ein Kind. Und genau dieses Gefühl liebte er, es brachte ihn in die Gegenwart und ließ ihn seine Unzulänglichkeit vergessen.

Eifrig mümmelte er seine Pommes.

Am Nebentisch hockten zwei Verliebte. Die aber doch nicht so verliebt waren, dass es sie gehindert hätte, immer wieder zu dem verdächtigen Mann und dem kleinen Mädchen zu gucken und zu tuscheln.

»Wie heißt du eigentlich«, fragte Annie.

»Meine Freunde nennen mich *Nabbo*«, so sprach er das aus, und lauter als nötig.

Annie gluckste: »Komischer Name«.

Er genoss den Verdacht des Pärchens nebenan wie eine verbotene Droge. Würden sie gleich die Polizei rufen? Nabo glaubte das Wort *Kinderverderber* zu hören. Nun, er war kein *Kinderverderber*, sondern ein *Kindervergötterer*.

Er liebte die durchsichtigen Münder, die zarten Augenbrauen, die schlanken, beweglichen Finger, die schönen Füße, die kleinen, noch unverformten Zehen. Süße kleine Mädchen konnte er mit den Augen fressen. Sie erinnerten ihn auch nicht an die vielen Enttäuschungen, die er mit Frauen erlebt hatte. Sie akzeptierten ihn wie er war, bohrten nicht in seiner Vergangenheit, stellten keine dummen Fragen nach seinem nicht existierenden Beruf. Er war einfach fröhlich mit ihnen, vergaß den Alltag. Er hätte einem Kind niemals wehtun können.

Als die beiden gingen, stand das Pärchen ebenfalls auf und folgte ihnen.

Als sie die Mutter sahen, drehten sie enttäuscht bei.

Man darf in New York keinem Menschen trauen, schon gar nicht in dieser Gegend, wo jede Nacht zwei Morde geschahen, aber sie tat es und nahm ihn mit in ihre Zweizimmerwohnung und briet ihm zwei Spiegel-

eier und erzählte ihm ihre Geschichte. Sie hieß Divine –
die Göttliche.

Die beiden hatten noch viele gemeinsame Abende.
Sie war Krankenschwester und wenn sie Dienst hatte,
passte er nachmittags auf Annie auf. Er reparierte den
Boiler, programmierte den Videorecorder und sie gab
ihm sogar Geld dafür.
Zum Sex kam es allerdings nie, aber das machte ihm
nichts. Zur Entschuldigung führte sie irgend eine uralte
schlimme Sache an. Nun, er war auch nicht direkt heiß
auf sie.

Eines Tages aber wurde Sex auf unangenehme Weise
doch noch zum Thema.
Nabo hatte Kinderdienst. Er lag auf der am Boden
ausgebreiteten Matratze, nur mit einer kurzen Baum-
wollhose aus dünnem Stoff bekleidet, denn es war sehr
heiß. Annie spielte mit ihren Puppen. Er war in sein
Buch über das geheime Leben der Pflanzen vertieft, als
sie plötzlich ganz nah bei ihm auftauchte und ihm einen
Comic unter die Nase hielt. Da war ein Mann gezeich-
net, der sich seinen eigenen Pimmel in den Mund steckte. Der Zeichner verriet Talent.
»Was macht der Mann da?«
»Siehst du doch.«
»Kannst du das auch?«
»Ach Annie, erstens bin ich nicht so gelenkig und
zweitens würde ich gerne mein Buch weiter lesen. Und
schmeiß dieses Heft weg. Deine Mutter flippt aus, wenn
sie es sieht.«

Sie schmiegte sich an ihn und langte durch das rechte Bein in seine Hose, berührte seinen Penis. Das Händchen erregte ihn gewaltig, er rührte aber keinen Muskel.

»Annie!«

»Jaaaa?«

»Lass das lieber.«

Sie rubbelte ungeschickt hin und her. Wie man das machte, hatte sie offensichtlich irgendwo gelernt, zumindest theoretisch.

»Ich will, dass du mir deine Kunststückchen zeigst!« Jetzt schaltete sich sein Gewissen ein. Bisher war es lediglich ein abstruser Film gewesen, der da ablief und in den er nicht involviert war. Das Gefühl in seinem Penis war zwar da, aber nicht mit dem Rest von ihm verbunden.

Als diese Verbindung plötzlich einrastete, wusste er, dass es so nicht weitergehen konnte.

Er beschloss daher, die Situation in Würde zu beenden, und zwar auf eine Weise, die Sex und männliche Geschlechtsteile nicht als schmutzig und gefährlich betrachtete, die aber den natürlichen Spieltrieb eines Kindes nicht mit der Geilheit eines Erwachsenen mischte.

Leider stand Divine in diesem Moment in der Tür. Wieso hatte er sie nicht gehört? Sie war weiß wie die Wand und flüsterte mit rauer Stimme: »Was ist denn hier los?« Dann brüllte sie: »Raus! Raus! Verpiss dich! Ich zeige dich an!«

Sie schob ihn mit erstaunlicher Kraft durch den Flur und ins Treppenhaus.

Er war barfuß und stotterte:»Schau mal Divine, sie hat mir dieses Heft da gezeigt und dann ...«

Die Tür krachte ins Schloss. Als er auf der Straße stand, kamen seine Sachen zum Fenster rausgeflogen.»Lass dich nie wieder blicken!« zischte sie ihm zu.

»Meine Schuhe ...«, rief er, aber sie schloss das Fenster. Er konnte verstehen, dass sie sauer war und war selbst erstaunt, wie gelassen er die Situation hinnahm. Annie schrie plötzlich ziemlich laut, das hörte man bis auf die Straße. Er dachte: geschieht ihr recht, wenn sie auch was auf den Deckel bekommt.

Er verbrachte ein paar Tage bei einem Bekannten, der ihm seine alten Gummigaloschen schenkte, dann rief er wieder bei Divine an. Sie hatte sich ein wenig beruhigt und war zu einem Gespräch bereit. Sie setzten sich in die Küche und hatten eine lange Diskussion über den richtigen Umgang mit der Sexualität von Kindern. Er war so schlau, sie reden zu lassen. Während der ganzen Zeit dachte er, dass sie ein ungelöstes Dingsbums aus ihrer Vergangenheit mit sich herumschleppte. Dann ließ sie ihn wieder einziehen. Aber unter strengen Auflagen für Annie und Nabo.

»Ich wünsche nichts, was auch nur ansatzweise mit Sex in Verbindung gebracht werden könnte«, lauteten ihre Worte. Seine Schuhe waren alle noch im Schuhschrank und er warf die Gummigaloschen weg.

Die lockere Atmosphäre, die während seines ersten Aufenthalts geherrscht hatte, war dahin. Divine war ständig misstrauisch, beobachtete Nabo und Annie. Er vermied es, sich allzu sehr mit dem Kind zu beschäftigen. Wenn Themen aufkamen, die auch nur im Entferntesten mit Sexualität in Verbindung gebracht werden konnten, verstummten alle drei. Selbst Küsse im Fernsehen waren plötzlich eine peinliche Sache.

Irgendwann hielt Nabo es nicht mehr aus. Er stellte Divine vor die Wahl: »Entweder arbeiten wir an dem Problem oder ich ziehe aus.«

Sie erbat sich Bedenkzeit. Nach drei Tagen rückte sie damit heraus, dass sie in ihrer Kindheit ein unangenehmes Erlebnis mit einem älteren Mann gehabt haben müsse, das sie aber vollständig verdrängt habe. Nabo vermeinte, Ihre Augen seltsam glitzern zu sehen, als sie das sagte.

Er schlug ihr ein Rollenspiel vor, bei dem sie sich in das kleine Mädchen von damals versetzen sollte. Er selbst würde den bösen Mann spielen.

Sie schaute ihn an mit einem Blick, der zu sagen schien: *Die Rolle, die dir auf den Leib geschrieben ist.*

Annie war in der Schule. Divine legte sich auf die Matratze im Wohnzimmer und Nabo setzte sich im Schneidersitz daneben. Er schaltete seine zärtlichste, hypnotischste Stimme ein: »Lass dich fallen. Du erinnerst dich an die Zeit, als du noch klein warst.« Er versuchte, im gleichen Rhythmus wie Divine zu atmen.

Dann fuhr er fort: »Du bist das kleine Mädchen von damals. Kannst du sehen, wo du bist?«

Ihre Stimme klang, als wenn sie von weit her käme: »Ich bin einem alten Mann in ein großes altes Haus gefolgt. Da sind Büsche davor, mit großen roten Blüten.

Er hat mir versprochen, dass er mir Puppenkleider und Eiscreme schenkt.«

»Was passiert in dem Haus?«, fragte Nabo.

»Er bringt mich dazu, dass ich mich ausziehe.«

»Wie macht er das?«

»Er hat einen Revolver.«

Er schaute sich um und suchte nach etwas, mit dem er eine Waffe simulieren konnte. Da lag eine Haarbürste voller blonder Haare im Bücherregal. Er richtete den schwarzen Griff auf Divine, das sah ziemlich echt aus. Aber sie machte gar nicht erst die Augen auf.

»Los, zieh dich aus!«, sagte er mit tiefer Stimme.

Divine zog mit geschlossenen Augen ihr T-Shirt über den Kopf und streifte ihr Höschen ab. Nabo hatte kein Problem, sich in den bösen Mann zu versetzen. Plötzlich erschien sie ihm wie eine Prinzessin, die auf ihre Erlösung wartete. Sie sah wirklich aus wie eine Zehnjährige. Busen hatte sie sowieso nicht und die Schamhaare waren frisch abrasiert. Seltsam, dass die Sonne in diesem Moment ihren Unterleib wie mit einem starken Scheinwerfer beleuchtete.

Nabo fragte: »Was geschieht nun?«

»Er fasst mich an.«

Er tat es. Streichelte sie, ihre zarte Haut, ihren Bauch.

»Magst du das?«

»Nein! Du Schwein!«, presste sie hervor. Das passte nicht in seine Geschichte, aber er machte weiter.

»Was tut der Mann?«

Keine Antwort.

Er schob die Haarbürste unter die Matratze und drängte Divines Beine auseinander. Ihre Vagina war wie von einem Künstler aus Porzellan geformt, feucht, einladend. Er berührte sie mit zitternden Fingern. Divine stöhnte. In ihm braute sich etwas zusammen, er spürte, dass eine Explosion bevorstand. Spielte er für sie den Kinderverderber, damit sie ihr Problem löste, oder war es etwa umgekehrt? Lauerte doch der verbotene Trieb in ihm?, fragte er sich.

Plötzlich hatte er das Gefühl, dass Divine die Situation ebenfalls genoss. Aber hatte sie es auch als Kind getan? Es war ihm egal. Er zog sich aus und wälzte sich über sie. Das war kein Rollenspiel mehr, nur noch heiße und verbotene Lust. Als er gerade in sie eindringen wollte, hörte er einen Knall und spürte einen brennenden Schmerz. Dann sah er das Blut.

Divine schrie:»Das wollte ich nicht!«

Sie saß aufrecht im Bett und er hielt sich die blutende Schulter. Und da lag der Revolver.

Wo kam der plötzlich her?, fragte er sich.

Mit dem Sex war es jedenfalls erst mal vorbei. Divine legte ihm einen fachmännischen Verband an, Gott sei Dank war es nur ein Streifschuss.

Später holte sie Zeitungsausschnitte hervor, die sie zwischen den Seiten ihrer alten Familienbibel verwahrt hatte – *Rätselhafter Mord – Mann auf Bett erschossen – Mörder noch immer nicht gefasst!* – lauteten die Schlagzeilen.

Den Revolver entsorgten sie im Hudson, ebenso wie Annies Comic, der sich unter ihrem Bett fand.

Nach dieser Geschichte wurden Divine und Nabo ganz langsam zu einem ganz normalen Paar. Die Verletzung in seiner Schulter heilte. Divines Aussehen veränderte sich, die kindlichen Gesichtszüge verschwanden, die Brüste vergrößerten sich, besonders als klar wurde, dass Annie ein Brüderchen bekommen würde.

Sie hat es wieder getan

Charlie wacht so halb auf – nein eher nur ein viertel – und ihm brummt der Schädel.

Eine durchzechte Nacht.

Wie ist er ins Bett gekommen?

Seine Hand tastet nach der Tussi neben ihm, aber da ist niemand.

Glück gehabt, ist wohl gegangen.

Charlie wankt aufs Klo, dabei muss er sich festhalten. Aus dem Augenwinkel sieht er, wie sein Spiegelbild sich bewegt, einmal im Badezimmerspiegel, einmal im Spiegelschrank an der Wand. Bloß nicht hinschauen, ich sehe bestimmt furchtbar aus.

Stehen beim Pinkeln? Zu gefährlich – ich könnte umkippen.

Also hinsetzen. Jetzt mache ich's mal so, wie die dummen Weiber es mir immer unterjubeln wollen. Wie sich das anfühlt ... als wäre man kein Mann ...

Die Kuh von gestern, das war eine Nacht ... was habe ich überhaupt mit ihr angestellt? Ich kann mich an nichts erinnern! Habe ich sie gevögelt? Konnte ich noch? Ich kann immer!

Wie sind wir eigentlich hierhergekommen? Bin ich etwa auf meiner Mühle gefahren, mit der Alten hintendrauf?

Er wankt zum Fenster.

Obercool, die Harley steht unten, brav angekettet an der Kellertreppe. Er taumelt zurück zum Bett, die Beine wollen nicht richtig, das Kreuz tut weh. Dann merkt er, dass er noch tröpfelt. Morgendliche Inkontinenz – Scheiße.

Da liegt ein Zettel auf dem Kopfkissen, kann man nicht lesen, die Schrift ist so verschwommen. Er muss die Augen ganz schön zusammenkneifen:»Ich habe mir überlegt, dass wir uns nicht mehr sehen sollten. Du weißt schon, der Altersunterschied.« Verstehe ich nicht. Älter als fünfundzwanzig kann sie doch wohl nicht gewesen sein. Egal. Erst noch mal ne Runde pennen.

Lange Zeit später nimmt er noch mal den Zettel zur Hand, kneift die Augen zusammen. Was ist mit meinen Augen? Seine Hände zittern. Die Hände, die Hände. Er schaut genauer auf seine Hände. Ganz schön faltig, meine Hände. Und diese Flecken, braune Flecken über und über. Irgendwas ist hier ganz und gar nicht in Ordnung.

Zwischen den Beinen juckt es ihn.

Er will kratzen – und –

da ist – nichts.

Er reißt sich den Schlafanzug vom Leib und schaut sich an. Sieht einen Frauenkörper.

Viel schlimmer, einen alten, verbrauchten Frauenkörper.

Zwischen den Beinen: gähnende Leere, umrandet von weißen Haaren. Der absolute Horror.

Er will aus dem Bett springen, kann nicht, denn er ist schwer und steif und gebeugt und behindert.

Er schleppt sich ins Badezimmer und jetzt schaut er endlich in den Spiegel und sieht ein steinaltes Gesicht voller Falten, umrahmt von zotteligen weißen Haaren. Ein schrecklicher Traum. Am besten noch mal hinlegen. Wenn ich wieder aufwache, ist alles okay.

Aber nichts ist okay. Charlie hat sich in eine uralte Frau verwandelt.

Aber so was gibt's ja doch nicht, oder? Er hat eine Idee:»Da hat mir einer eine Wahnsinnsdroge untergejubelt, gestern in der Disco. Da war so ein Arsch mit teuren kleinen Pillen.«

Also abwarten. Wieder einpennen. Aber er kann nicht mehr pennen. Die Gedanken in seinem Kopf drehen sich im Schleudergang.

Vielleicht um endlich aufzuwachen aus diesem schrecklichen Alptraum, kneift er sich, erwischt die Brust. Das tut weh. Gibt es eine größere Peinlichkeit, als einer Sechzigjährigen an die Titten zu greifen? Es muss was geschehen. Aber was? Charlie zwängt sich in seine Motorradkluft.

Der Busen behindert ihn. Dieser hässliche, obszöne Busen!

Er bemerkt den Geruch, der seiner Haut entströmt: saure, verfaulte Gurken mit dem Haut-gout von Kreuzkümmel und gammeligem Schwarzwälder Schinken.

Ich muss jemanden finden, der mir hilft.

Auf seinem Motorrad fährt er zum Krankenhaus. Wenigstens das Fahren fühlt sich einigermaßen normal an. Der Wind zaust seine unterm Helm hervorquellenden, ungekämmten Haare.

Der Doktor schaut ihn mit großen Augen an.

»Wobei soll ich Ihnen helfen?«

»Ich muss von meinem Trip runter.«

»Welcher Trip?«

»Der Trip, der Trip!«

Charlie will aufspringen und auf den Doktor losgehen. Sein ganzer Körper schmerzt, er ist müde, die Hüften tun weh, die Knöchel, die Knie. »Man hat mir eine Droge verpasst. Ich fühle mich wie eine sechzigjährige Frau.«

»Dann geht es Ihnen doch wunderbar, denn nach meiner Schätzung müssen Sie hoch in den Siebzigern sein.«

»Ich bin zwanzig, Mann! Zwanzig!«

Des Doktors Blick irrlichtert über seinen Schreibtisch. Er ergreift einen Jadeelefanten und dreht ihn zwei- dreimal in der Hand. Dann schaut er Charlie an: »Sie sehen aber aus wie fünfundsiebzig oder gar achtzig. Was weiß ich? Haben Sie Ihren Personalausweis dabei?«

Charlie kann nicht mehr sprechen. Er schaut den Arzt nur mit weit aufgerissenen Augen an.

Der steht auf, holt ein Lämpchen aus der Brusttasche, zieht die Lider auseinander, leuchtet Charlie in die Augen.

»Greisenbogen. Normal in Ihrem Alter.«

Er hört Charlie ab, klopft auf seinen Rücken, prüft die Reflexe. Charlie lässt alles über sich ergehen.

Der Arzt murmelt wie zu sich selbst: »Blutdruck leicht erhöht – Arthrose in den Knien. Reflexe altersbedingt reduziert, möglicherweise beginnende Polyarthritis. Aber Sie werden wahrscheinlich an Altersschwäche sterben, bevor sich die so verschlimmert, dass Sie damit Probleme kriegen. Ich könnte Ihnen Cortison verschreiben. Haben Sie Schmerzen in den Händen?«

Charlie schreckt hoch. Schaut den Arzt mit irrem Blick an.

Der setzt sich wieder hinter seinen Schreibtisch. »Ich glaube ich kann nichts weiter für Sie tun. Ihr körperlicher Zustand ist exzellent für Ihre Jahre. Wir können natürlich noch den einen oder anderen Test machen ...«

Nein! Ich will nach Hause. Charlie türmt. Schmeißt wie in Trance sein Motorrad an. Beinahe baut er einen Unfall.

Zu Hause sitzt er auf dem Bett, starrt ins Leere. Der Schlüssel dreht sich im Schloss.

Charlies Großneffe kommt nach Hause.

»Tante Charlie, was machst Du denn hier?

Ist es wieder passiert?

Und den Zettel hast du auch gelesen! Weißt du wer den geschrieben hat? Meine ehemalige Lehrerin. Sie meint, weil sie achtundreißig ist und ich zwanzig, dürfen wir es nicht mehr tun.

Ich bin ganz schön sauer.«

Er geht zum Telefon: »Hallo? Ja, meine Großtante ist hier. Sie hat es wieder getan. Je oller je doller. Hat meine Klamotten an, ist mit meinem Motorrad gefahren etcetera, die übliche Geschichte. Nein, den will ich ihr nicht wegnehmen, ich bin ja im Grunde froh, wenn ich weiß, da ist jemand, der noch einen Schlüssel hat.

Ich bringe sie. Komm, Tante Charlie. Wir fahren ins Heim.«

Tante Charlie steht auf, strafft sich. Hat sich ein Gel geschnappt und streicht es sich mit festem Griff in die Haare. Im Profil, gegen das helle Licht des Fensters, könnte man sie einen Moment lang wirklich für zwanzig halten.

»Das Zeug ist gut, würdest du mir das mal leihen?«, fragt sie.

»Klar Tante.«

3. Seltsames

Das Engagement

Eines Morgens erhielt der arbeitslose Schauspieler Friedrich S. einen Anruf aus dem Betriebsbüro des Theaters der Stadt. Ob er zur Verfügung stünde und ob er dann und dann Zeit hätte, wurde gefragt. Friedrich S. stand zur Verfügung und hatte an den in Frage stehenden Abenden Zeit. Um was für eine Rolle es sich handle, fragte Friedrich S., aber die Dame am Telefon wusste es nicht. »Wir machen nur die Termine«, sagte sie. »Es geht wohl um eine Umbesetzung wegen Erkrankung des Kollegen N. Der Regieassistent wird Sie anrufen, dann können Sie alles Weitere mit ihm klären.«

Der Regieassistent rief nicht an, der Tag der Aufführung rückte näher.

Friedrich S. wählte die Nummer des Theaters. Der Regieassistent schwirrte im Haus umher; als Friedrich S. ihn schließlich in der Leitung hatte, sagte er: »Es ist nur eine kleine Rolle, nur ein paar Sätze, alles übrige besprechen wir auf der Stellprobe. Ich schicke das Textbuch.«

Der Stellvertreter des Regisseurs war überlastet, das spürte man.

Friedrich S. schaute jeden Tag in den Briefkasten, aber der blieb leer.

Friedrich S. recherchierte im Internet über die Inszenierung, in der er nur ein paar Sätze zu sprechen haben würde, fand eine Ankündigung, die unter anderem von »Zuordnungen und Relationen« sprach, von »Versenkung ins Individuierte«, von der »Geburt einer

neuen Spezifikation ästhetischen Geformtseins«.
In einer online gestellten Kritik hieß es:»Ein großer
Wurf. Wir sehen Fragmente von Verhaltensmodellen,
Bruchstücke von Lebensentwürfen, Splitter gesellschaft-
licher Phänomene unter Schichten von Menschlichkeit.
Atmosphärisch dicht und wundersam flüssig projiziert
der Spielleiter allegorische Hologramme des Lebens auf
die Bühne. Und vielleicht spiegelt ja gerade das
Fragmentarische, Lückenhafte dieses Projekts etwas von
der allgemeinen Ratlosigkeit, von der uns Legionen von
Psychologen, Philosophen, Lebenskünstlern und
Lebensberatern nicht erlösen können.«

Friedrich S. begab sich ins Theater, fand aber niemanden, der ihm Auskunft zu geben vermochte. Der
Regisseur war seit langem abgereist, der Stellvertreter
unabkömmlich, auf der Bühne wurde ein völlig anderes
Stück geprobt, lediglich der Inspizient wusste von
Friedrich S.' Engagement und der geplanten Umbesetzung. Er erlaubte dem Schauspieler, im abgegriffenen
und mit Regieanweisungen vollgekritzelten Textbuch
zu blättern, aber da Friedrich S. nicht wusste, welche
Rolle er zu spielen hatte, nützte ihm das nichts.

Thema ist das Leben in der Gesellschaft, mehr wusste er
nicht. Und kam die Liebe darin vor? Hatte er das
gelesen oder sich nur eingebildet?

Am Tag der Aufführung sitzt Friedrich S. in der Kantine und wartet, nervös. Plötzlich wird er vom Inspizienten aufgerufen. Er geht eine Treppe hinunter zu
dessen Pult, der Inspizient bringt ihn persönlich in die
Garderobe, wo man ihn in einen grünen Anzug steckt,
der zu groß ist, doch mit ein paar Sicherheitsnadeln pas-

send gemacht wird. Am Garderobenständer hängen die Kostüme der Schauspielerkollegen, die aber noch nicht eingetroffen sind. Jetzt muss er in die Maske. Man malt ihm Falten ins Gesicht und rote Flecken und klebt ihm eine Glatze mit nur wenigen schwarzen Haaren. Wie ein Clown sieht er jetzt aus. Die Schauspieler, die auf den Stühlen rechts und links von ihm sitzen und ebenfalls geschminkt werden, wissen nichts von einer Umbesetzung und diskutieren darüber, wer wohl der erkrankte Kollege sein könnte und welche Rolle er wohl spielte. Friedrich S. ist jetzt so aufgeregt, dass ihm der Schweiß in dicken Tropfen auf die Stirn quillt. Der Maskenbildner tupft die Tropfen weg, aber das nützt nichts. Schweiß mischt sich mit Schweiß. Er muss an seine Mutter denken und wie schwer sie an ihm trug und wie viel Mühsal er ihr bereitete.

Friedrich S. begibt sich zur Seitenbühne. Aus dem Zuschauerraum hört man das vom Vorhang gedämpfte Murmeln und Husten des Publikums. Bühnenarbeiter und Schauspieler wuseln um ihn herum. Er fragt, ob es noch eine kurze Stellprobe geben wird, doch niemand weiß etwas davon. Man schickt ihn abermals zum Inspizienten.

Der Inspizient sagt:»Bleib hier bei mir, ich gebe dir Bescheid, wenn es so weit ist.« Dann scheint er ihn zu vergessen. Friedrich S. beobachtet den Inspizienten. Unglaublich, was ein Inspizient zu tun hat. Er bedient den Vorhang, gibt Zeichen zum Auftritt, spricht leise mit dem Tonmeister, flüstert mit den Beleuchtern, er kontrolliert, ob die Requisiten bereit liegen, ruft die Schauspieler zu ihrem Auftritt aus der Garderobe oder

Kantine. Er hat alles im Griff, folgt aber lediglich dem Buch auf seinem Pult.

Plötzlich flüstert er Friedrich S. ins Ohr:»Achtung, gleich trittst du auf.«

»Aber mein Text, wie lautet mein Text?«

Der Inspizient holt schnell das Buch.»Hier, nein hier. Oh nein, das ist der Tod, das ist dein Widersacher ... Du sagst zu ihm ...«

Er atmet tief und tippt mit schmutzigem Finger auf eine Zeile. Der Fingernagel ist abgekaut, die verblasste Schreibmaschinenschrift mit den vielen bunten An- und Unterstreichungen und den Anmerkungen und Regieanweisungen ist kaum zu entziffern. Friedrich S. rinnt der Schweiß in die Augen, die Schrift, das Buch, die ganze Szene verschwimmt, als sähe er sie durch einen Plastikbeutel, in dem man einen lebenden Goldfisch fürs Aquarium transportiert. Und wie ein solcher kommt er sich auch selber vor.

»Verdammt, du musst auftreten«, der Inspizient packt ihn so fest am Ärmel, dass die Sicherheitsnadeln aufgehen, er gibt ihm einen Klaps auf den Hintern und schiebt ihn aus der Kulisse auf die Bühne.

Da steht er nun, und eine der Nadeln sticht in seinen Arm und er sieht verschwommen die anderen Schauspieler, von denen ihn manche fragend anschauen und er spürt die Hitze der Scheinwerfer, das Licht der Welt, das seine Augen blendet und er hört die Geräusche aus dem Zuschauerraum, ein Knistern und unterdrücktes Husten, leises Räuspern, das Knacken des Bühnenbodens und er riecht das Parfüm der Damen in den ersten Reihen und den Staub der Schminke und des

Kolophoniums von den Ballettaufführungen der letzten hundert Jahre und das Schließen einer Logentür weit oben im Zuschauerraum, – ob da wohl jemand kommt oder geht, weil er jetzt seinen Auftritt hat? – und er hält den Atem an. Was wird nun geschehen?

»Da ist er ja, unser Freund, wir haben schon auf Sie gewartet!«

»Ein wenig zerknautscht sieht er aus, nicht wahr?«

Friedrich S. fühlt sich wie ein blutiger Anfänger, ihm zittern die Knie, aber er denkt, er wird sich zu retten wissen: »Was soll ich dazu sagen?« will er rufen, doch aus seiner Kehle kommt nur ein Krächzen. Flehend schaut er in die Mitte der Vorbühne, doch die Klappe zum Souffleurkasten ist im Bühnenboden versenkt. Auf der Seitenbühne leuchten nur die Augen des Feuerwehrmannes, sonst nichts. Warum hat er nicht auf einem Knopf im Ohr bestanden? Er kneift die Augen zu und schreit. Er steigert sich mehr und mehr hinein, lässt sich fallen, liegt schließlich am Boden und die anderen Schauspieler beugen sich über ihn. Das Publikum klatscht, einige Buh-Rufe hört man heraus. Da setzt Friedrich S. sich auf, schiebt mit ausgebreiteten Armen die Kollegen zur Seite.

Er blickt in den Zuschauerraum. Erst jetzt nimmt er wahr, dass dieser leer ist. Niemand schaut zu. Die Geräusche und Gerüche von dort – eine Täuschung?

»Wo ist das Publikum?« fragt er.

Der Zauberer im goldbestickten Kostüm zeigt auf die hölzernen Lautsprecherboxen, die auf den rot gepolsterten Sitzen hocken: »Ein Tonband. Die Illusion von Publikum.«

»Und der Geruch?«

Die Frau im Krokodilskostüm macht eine Bewegung und »Pffft«-Geräusche, als wolle sie mit einer Spraydose in der Hand zwischen den Stuhlreihen tanzen: »Die Illusion ist uralt, stammt aus der Entwicklungsgeschichte des Lebens.« Sie lacht hysterisch.

Plötzlich versteht Friedrich S. Er springt von der Bühne, sucht im Zuschauerraum nach dem Regiepult. Das wird nur bei den Proben für den Regisseur installiert, aber vielleicht lässt sich eine Halterung für das Pult finden, die Steckdose fürs Licht oder der Anschluss fürs Mikrophon.

Da ist der geheiligte Platz, das Polster ist abgeschabt, das daneben etwas weniger, hier sitzt der Assistent, den man oft und gerne zu Erledigungen schickt.

Auf der Bühne fragt einer, wieso man Friedrich S. ohne Nabelschnur habe auftreten lassen.

»Die Nabelschnur ist nicht mehr zeitgemäß«, antwortet man ihm.

Friedrich S. brüllt: »Alles auf Anfang.« Die Schauspieler finden das gar nicht gut, sind unwillig. Machen, was sie wollen, albern herum. Nur der Tod schaut streng in den Zuschauerraum. Chaos auf der Bühne.

Friedrich S. will allen sagen, was sie zu tun haben, aber dazu braucht man eine Vision des Großen Ganzen. Er weiß nicht, was das Große Ganze überhaupt ist, hat keine Ahnung vom dramatischen Aufbau des Großen Ganzen. Vielleicht ist das Große Ganze nur die Idee einer Idee, ganz hoch angesiedelt auf der Leiter der Abstraktionen?

Dann entdeckt er Lisa. Eine zauberhafte, ätherische Gestalt, die aus der Menge der Übrigen hervorleuchtet. Sie steht an der Rampe, schaut ihn an, zwinkert ihm zu. Er kann nicht anders, als sich wieder auf die Bühne zu begeben. Er küsst sie. Die Schauspieler beklatschen das freudige Ereignis. Sind sie zynisch oder kommt das von Herzen? Friedrich S. ist es egal. Er umarmt seine Lisa, beginnt zu tanzen mit ihr. Der Inspizient sagt zum Tonmeister: »Ton ab«. Alle drehen sich nun, die Schauspieler wissen plötzlich genau, was sie zu tun haben. Alle tanzen mit Friedrich S. und seiner Partnerin den Walzer des Lebens. Als der Tod – sein Gegenspieler, wie er sich erinnert – näher kommt, stört ihn das nicht. Er freut sich über den Beifall aus dem Zuschauerraum, obwohl er weiß, dass es sich nur um eine zufällige Gleichzeitigkeit handelt.

Friedrich S. fühlt sich wie neugeboren.

Die Liebe ist immer gut

Claus liest Zeitung. Feuilletonseite.

»*Die Liebe ist immer gut.*«

»Das kannst du singen.«

»Das ist die Überschrift!«

»Stimmt doch auch, oder?«

Claus lacht. »*Hanns-Josef Ortheil macht Johannes und Judith glücklich. Dieses Buch langt ganz schön zu* schreibt der Kerl. Ist doch ein Kerl, oder? Muss ein Kerl sein ...« Claus raschelt mit der Zeitung, nickt kopfschüttelnd.

»Liebst du mich noch?«

»Wenn ich so was schon lese. Wie kann ein Buch *zulangen?* Kommt da ein Händchen raus?«

»Wo raus?«

»Aus dem Buch.«

»Es soll sicher heißen: *Dieses Buch langt ganz schön hin.*«

»Zu oder hin. Gib mir mal die Butter rüber.«

»Du langst ganz schön hin. Liebst du mich, habe ich gefragt.«

»Nein, ich lange zu.«

»Wenn du weiter so zulangst, wirst du bald lang hinschlagen. Wie war noch mal dein letzter Cholesterinwert?«

»*Sie befinden sich hier auf der Literaturseite.*«

»Steht da? Auch Quatsch, oder? *Sie befinden sich irgendwo auf der Welt, zum Beispiel auf dem Balkon Ihres Hotels und lesen die Literaturseite* müsste es heißen, wenn schon.

»Kann das arme Schwein zwar nicht wissen, wo wir uns befinden, aber du hast Recht, auf einer Zeitungsseite kann man sich schlecht finden. Befinden.«

»Schlecht fühlen schon.«

»Stimmt. Weiter geht's: *Die Frage, die sich beim Lesen seines neuesten Romans stellt, ist also vor allem die: Was mag sich der Autor dabei gedacht haben?*«

»Die Frage stellt sich? Es ist doch wohl so, dass *er* die Frage stellt, oder?«

»Was erwartest du von einem Literaturkritiker?

»Auf jeden Fall kann es mit dem Buch nicht weit her sein.«

»Genau. Das will er wohl damit ausdrücken.«

»Und was hat sich der Autor denn nun gedacht?«

Claus liest.

»Mhm?«

Claus liest. Dann sagt er: »Dass der Leser unterhalten werden will.«

»Stimmt. Wenn ich ein Buch lese, will ich unterhalten werden.«

»*1. Die Liebe. Die Liebe ist immer gut.*«

»Finde ich auch. Du liebst mich nicht. Du hörst mir ja nicht mal zu.«

Claus lässt die Zeitung sinken, schaut Claudia an. Claudia guckt herausfordernd.

Claus hebt die Zeitung wieder, liest weiter.

»*2. Die Kunst. Jeder, der heute noch liest, fühlt sich der Kunst zugetan.*«

»Woher er das wohl weiß? Aber ich finde das auch. Allerdings nicht nur.«

»*3. Der Süden.*«

»Was ist mit dem Süden?«

»Der Roman handelt von der Liebe und der Kunst und er spielt im Süden.«

»Das ist immer gut.«

»Genau das findet der Kritiker auch.«

»Also eine gute Kritik.«

»Nein, ein Verriss. Ein totaler Verriss. Er meint es ironisch.«

Claudia hat sich einen anderen Teil der Zeitung vors Gesicht geschoben. Sie sagt: »*Im Burgtheater regnen Schinken vom Bühnenhimmel.* Romeo und Julia, auch ein alter Schinken über die Liebe.«

»Hab's gelesen. Auch ein Verriss.«

»Das mit der Liebe scheint nicht mehr sehr gut zu funktionieren.«

»Lang mir mal den Schinken rüber.«

»Unser Leben, die Zeitung, und das, was da beschrieben wird, das durchdringt sich ganz schön.«

»Stimmt. Wir lieben uns, oder auch nicht, und wir fahren in den Süden.«

»Wir *sind* im Süden.«

»Wir essen Schinken, wir langen hin.«

»Nur die Kunst fehlt mir ein bisschen.«

»Warts ab. Das Band läuft. Ich werde alles abschreiben. Es ist Kunst. Du wirst sehen.«

»Dann haben wir ja alles beisammen.«

Claus langt nach Claudia. Sie lässt die Zeitung bereitwillig fallen. Sie gehen ins Zimmer, legen sich aufs Bett. Auszuziehen gibt es kaum was, man ist ja im Süden. Sie lieben sich. Danach schlafen sie noch ein bisschen. Sie

haben sonst nichts zu tun, schließlich sind sie im Urlaub. Währenddessen sterben eine Menge Menschen. Es interessiert sie, sie lesen es in der Zeitung. Man kann nichts dagegen tun. Es ist der Lauf der Welt. Claus schaut an die Decke. Denkt nach. Dann sagt er: »Gerade eben ist eine Menge passiert auf der Welt.«
»Das kannst du singen.«
»Millionen hungern, Millionen leiden. Millionen sterben.«
»Millionen werden geboren ...«
»Meinst du?«
»Meinst du nicht?«
»Kann sein.«
»Irgendwie hast du deinen nihilistischen Tag heute, mhm?«
»Mhm.«

»Was kann man schon tun, als einzelner Mensch.«
»Nix.«
»Genau.«

»Wir sprechen wenigstens drüber.«
»Und lesen.«
»Lesen nicht zu vergessen.«

Bumm! Es tut einen gewaltigen Schlag. Ein Flugzeug mit 130 Passagieren ist über die Landebahn hinausgeschossen und in das Hotel gerast. Alles brennt. Claus und Claudia merken nichts mehr davon.
Sie haben sich geliebt. Niemand liest von ihnen, niemand spricht über sie. Oder doch?

Johannes liest Zeitung.

»Hast du das gelesen? Da ist schon wieder ein Flugzeug abgestürzt.«

Judith: »Nee, ist nicht abgestürzt. Hat gar nicht erst abgehoben.«

»Egal. Es hat sich jedenfalls bewegt und jetzt bewegt es immerhin die Gemüter.«

»Alles ist in Bewegung.«

»Und bleibt.«

Lena

Mein Vater war ein komischer Typ, er sagte: »Du musst eine finden, die dir so gut gefällt, dass du sie fressen könntest. Ich meine richtig fressen. Du musst dich gewaltsam beherrschen, dass du es nicht wirklich tust. Wenn du ihr Gesicht siehst, muss es dir gehen wie einer Mutter, die ihr Kind anschaut. Wenn du ihre Füße und Hände und Arme betrachtest, ihren Hals und ihre Öhrchen, dann musst du dich fühlen wie eine Frau mit ihrem ersten Baby. Wie eine Oma, die die kleinen Fußsohlen ihrer Enkelin küsst und die Zehen zählt, ob sie auch alle da sind. Oxytocin muss in deinen Adern fließen, wenn du sie erblickst.

Das geht dann weiter, du willst sie anfassen, ihre Schulterblätter, ihren Po, ihre Unterarme, ihre Füße, ihren Busen und ihren Bauch. Du bläst gegen den Bauch, dass es pupst.

So muss das losgehen. Wenn nicht, dann lass die Finger lieber gleich davon.«

»So einen Scheiß hab' ich noch nie gehört!«

»Beim Gedanken an sie lächelst du, dann hüpft dein Herz in den Hals und du musst es schnell wieder runterschlucken.

Immer willst du in sie reinbeißen, dich entlangküssen, alles gleichzeitig sehen, alles gleichzeitig berühren, umschließen und am liebsten auch noch hineinkriechen. Du möchtest deine Körperoberfläche ausbreiten und ihre auch und du stellst dir vor, wie die beiden aufeinander geklebt und vulkanisiert werden und zusammengefaltet wie ein Blätterteig und ausgerollt und wieder zusammen gefaltet, zu einer warmen Kugel. Die Einheit.

Dann hangelst du dich an diesem Gefühl entlang, immer weiter. Alles was geschieht, muss dich in diesem Gefühl lassen. Wenn du merkst, du kommst raus, warte. Mach Pause. Der weitere Weg wird sich erschließen, wenn nicht heute, dann morgen.«

Mein Vater war ein komischer Typ, so einen Nonsens hat er mir erzählt. Ich habe keine Ahnung, ob er da von einer vergangenen Liebe sprach, etwa meiner Mutter, die ich nie kennengelernt habe? Oh Gott!

Aber es kam noch schlimmer:

»Da ist dann auch etwas in dir, das wünscht, dass sie vom Erdboden verschwindet, dass sie nie wiederkommt. Nicht nur, dass du sie wirklich fressen willst, nein, du willst, dass sie nirgendwo ist, kein anderer kann sie haben, niemand kann sie dir mehr nehmen. Du wirst einen kleinen Altar bauen und Bilder von ihr draufstellen, die vergessene Blume dorthin legen, den vertrockneten Kranz, den sie flocht.«

»Die Mädchen von heute flechten keine Kränze, Alter.«

»Du schaust dir die Videos an, die du mit ihr aufnahmst, vielleicht gibt es so Wiedergabegeräte, die endlos wiederholen, wie sie lacht, wie sie ihrem Hund die Ohren glatt streicht oder mit ihrer Katze spielt.

Vielleicht besucht dich dann ihre Mutter, die um sie trauert und ihr könnt zusammen in Erinnerungen schwelgen – sie würde alles wissen wollen, was ihr tatet, was ihr spracht ... Du würdest ihr erlauben, alles aus dir herauszupressen, jedes Wort, jede Geste, jede Zärtlichkeit. Nach einer Weile würde sie dir erlauben, mit deinen sexuellen Gefühlen rauszurücken, mit den obszönen Gesten, mit den Schweinereien, die ihr getrieben habt. Sie würde es wirklich hören wollen, es essen und trinken, kannst du dir das vorstellen? Wäre es doch vielleicht das Einzige, was von ihrem toten Kind bliebe. Ihr würdet euch gegenseitig hypnotisieren und es kann passieren, mein Junge, dass ihr dann ...«

»Du bist pervers. Wie kann man nur so einen Perversen zum Vater haben ...«

»Natürlich wäre es irgendwann vorbei, nichts wäre mehr übrig von ihr, von der kleinen Göttin. Aber kein anderer würde sie je lieben, sie wäre auf ewig dein.«

»Nekrophilie! Sprichst du aus eigener Erfahrung? Oder hast du dir das alles ausgedacht?«

...

Es war ein bestimmter Tag, an dem er diesen Mist verzapfte, seine Augen glänzten ganz seltsam dabei. Nach diesem Tag lebte er übrigens nicht mehr lang.

Und ich hatte das für lange Zeit vollkommen vergessen. Es fiel mir erst wieder ein, als ich Lena sah. (Natürlich wusste ich da noch nicht, dass sie Lena hieß.)

Ich saß in der Straßenbahn, hinter mir zwei alte Leute, denen ich notgedrungen zuhören musste: (»Das ist doch lachhaft, der Schuhbeck, der kassiert neunzig Euro für die Theaterkarte, er selbst isst Würstel und den Leuten nimmt er das Geld ab für diese paar Kleinigkeiten«), als sie zustieg und sich genau mir gegenüber setzte.

Wie fast alle jungen Mädchen holte sie ihr Handy aus der Handtasche und tippte routiniert darauf herum. (»Aber die Kerze hat doch schön gebrannt.«

»Andere stellen Christbäume auf'n Friedhof. Das fang ich gar nicht erst an.«

»Na ja, andere sehen das dann, ist doch ganz schön, wenn's die anderen tun, die Lichter ...«)

Sie war glatt, sie war frisch, sie war unbeschreiblich. Unbeschreiblich, weil mir nichts auffiel, was man beschreiben konnte. Doch ja: Die Augen waren dunkel und die Haare schwarz. Aber das war alles. Da war nichts Außergewöhnliches, nichts Ausdrucksvolles. Ich erinnerte mich an einen Artikel in einer Illustrierten, den ich mal gelesen hatte – oder war es eine Fernsehsendung? –, die bewies, dass man einen Menschen als umso schöner empfand, je mehr er den Durchschnitt aus allen Maßen und Proportionen abbildete. Man legte viele Fotografien von Gesichtern übereinander und die goldene Mitte aus allem war die schönste im ganzen Land.

Lena war die goldene Mitte. Ebenmäßig, glatt, nichts zu lang und nichts zu kurz, milchige, seidige Haut, nicht zu hell und nicht zu dunkel – man konnte ihr Gesicht nur beschreiben, indem man beschrieb, was es nicht war, was es nicht gab. Ich schaute also ins Nichts. Und ich wollte es essen. Sofort. Verschlingen mit Haut und Haaren, wie man so sagt. Küssenwollen und Streichelnwollen, sich berauschen und nie genug kriegen und nie Aufhörenwollen. Kuscheln und schnüffeln und schlemmen, immer weiter, immer weiter. Bis in alle Ewigkeit.

Ich wusste sofort, dass sie gut roch und schmeckte – da kam wieder das Baby ins Spiel. Nein, kein Parfüm der aufdringlichen Art. Weil sie abgestumpft sind, haben die meisten Menschen kein Gefühl dafür, wie viel Parfüm sie benutzen dürfen. (Was für eine Geldverschwendung).

Ihre künstlichen Düfte zerstören die natürliche Anziehung zwischen genetisch verschiedenen Leuten und dann wundern sie sich, wenn sie nach kurzer Zeit feststellen, dass sie nicht zusammenpassen.

Lena roch nur nach sich selbst.

Sie hatte gemerkt, dass ich sie anstarrte. Bewusst wich sie aus, guckte auf ihr Handy, schaute zum Fenster raus, aber entdeckte natürlich sofort meinen Blick in der Scheibe. Irgendwann muss jeder zurückschauen, zumindest prüfen, ob der andere noch schaut und schon war es passiert.

Unsere Augen-Tentakel hatten gegenseitig ange-
dockt. Es war Sucht, sofort. Schmerzhaftes Verlangen.
Als sie ausstieg, ging ich hinterher. Sie blickte sich
ein paar mal um, ein wenig gehetzt, ungläubig irgendwie, aber nicht wirklich erstaunt. Es kam mir vor, als sei
sie in Trance, als ob sie zu einer Prüfung oder einer
Preisverleihung ginge. Religiös. So war jedenfalls mein
Gefühl. Kein Platz im Hirn zum Nachdenken, besten-
falls Erstaunen, was wir da wagten.

Vor der Haustür sicherte sie nochmals nach allen
Seiten, holte den Schlüssel raus, drehte sich um – und
gab mir eine Ohrfeige. Eine ganz schön harte. Ich
erschrak, aber wunderte mich nicht, es schien ganz gut
zu diesem Spiel zu passen. Dann schloss sie auf und trat
in die Wohnung. Noch hätte sie die Tür zuschlagen
können, ich machte den Schritt nicht sofort, zwei Sekun-
den später war es zu spät. Ich war drin.

Sie verschwand im Bad, natürlich. Das war der Film.
Ich setzte mich frech ins Wohnzimmer, das gleichzeitig
Schlafzimmer war, schlug die Beine übereinander und
wartete. Badezimmergeräusche.

Es dauerte.

Ich schaute mich um. Mein Blick blieb an einer Art
Terrarium hängen, das auf dem Boden stand und von
einem Handtuch bedeckt war. Ich wollte ehrlich gesagt
nicht wissen, was sich darin befand. Ein ganz leises,
rhythmisches Trommeln war zu hören.

Als sie zurückkam, trug sie einen Bademantel, ein
hässliches, altes, gestreiftes Ding, zu groß, – es sah aus,
als hätte sie es von ihrem Vater.

Ich ging ins Bad. Schaute in den Spiegel. Da wachte ich auf. Warum? Weil ich das Männchen sah, das ich war. Das kleine Männchen. Haben Sie schon mal dieses Experiment gemacht? Den Arm ausgestreckt und mit Eyeliner oder mit einem Lippenstift auf dem Spiegel die Größe Ihres Kopfes markiert? Was sind wir doch für jämmerliche Gestalten. Ich wäre am liebsten geflohen. Aber jetzt musste ich da durch. Ich stellte mir vor, wie ich es meinen Freunden erzählte und wie sie mir nicht glauben würden. Das taten sie meistens nicht. War mir aber egal.

Ich vermied den Blick in den Spiegel, zog mich aus, wusch mich, rieb mir mit dem Zeigefinger ein bisschen Zahnpasta zwischen die Zähne und in Ermangelung eines weiteren Bademantels schlang ich mir ein Badetuch um die Hüfte. Man ging doch nicht vollkommen nackt zu einer Frau, die man nicht kannte.

Kaum war ich wieder in ihrem Zimmer, hörte das Denken auf, Gott sei Dank. Sie lag in ihrem schmalen Bett, blickte starr zur Decke. Ich beugte mich über sie, schaute in ihre Augen, die sich nicht bewegten. Schwarz waren sie jetzt, die Pupillen praktisch so groß wie die Iris. Belladonna-Augen zum Hineinfallen.

Wieder fielen mir Sprüche meines Vaters ein:

»Du willst ihre Augen lecken und du willst, dass sie deine Augen leckt. Das ist das Zeichen für Liebe, die man kaum aushält. Es fühlt sich seltsam an, den Augapfel eines anderen Menschen mit der Zungenspitze zu berühren und es ist auch merkwürdig, da berührt zu

97

werden. Aber es ist das ultimative Zeichen, dass du jemanden liebst.«

Langsam senkte ich meinen Kopf hinunter, sah ihr Auge größer werden, unscharf werden, es füllte mein Gesichtsfeld aus, schwarz und tief und leer und gleichzeitig voll. Dann leckte ich sie. Zunächst machte sie das Auge zu, aber sie spürte wohl, was ich wollte, denn als ich ihre Lider mit der Zungenspitze auseinander drängte und den kühlen Augapfel berührte, öffnete sie sich weit. Es ist schwierig, diese Empfindung zu beschreiben, weil sie mit nichts zu vergleichen ist. Sie müssen es selbst probieren.

Bald lagen wir nebeneinander unter ihrer Bettdecke und sie tat es bei mir und ich schrie, aber sie hielt mir den Mund zu.

Voneinander hingerissen begannen wir mit einem anderen Spiel. Sie saugte an meinem Zeigefinger, ich räkelte mich, streckte mich so sehr ich konnte, verlegte mein ganzes Bewusstsein, mein Nervenzentrum in diesen Finger, nichts sonst auf der Welt existierte noch.

Dann lutschte ich an ihrem Daumen – eine erstaunliche Illusion, dass es sich anfühlte, als ob eine Flüssigkeit aus einem verborgenen Löchlein in meinen Mund strömte.

Wir saugten uns gegenseitig aus und wurden voll davon und wenn einer der Finger leer war, nahmen wir den nächsten und dann kamen die Zehen an die Reihe.

»Schmeckt denn dein Däumchen?« pflegte mein Vater die kleinen Daumenlutscher zu fragen, wenn sie in einem Buggy vorbeigeschoben wurden oder – mir war das besonders peinlich – wenn wir bei Freunden mit kleinen Kindern zu Besuch waren. Den Kleinen machte das nichts aus, im Zweifel nickten sie oder schauten einfach nur mit großen, versonnenen Augen.

Ich erinnere mich, dass er eines dieser Kerlchen, einen ziemlich schweren Brocken, aus einem Sessel mit einer Hand an dessen Arm heraushob und das Kind hing mit dem Mund an seinem eigenen Daumen, an dem es sich festgesaugt hatte und ließ nicht los. Es schien hypnotisiert wie eine Katze, die man am Schlafittchen packte.

Voller Lust lutschten wir und lullten uns ein und das erzeugte Geräusche wie auf einer Mütterstation. Speichel floss über, wir schmatzten zügellos, wir umspielten mit unseren Zungen die Muskeln und Sehnen unserer Finger als seien sie Brustwarzen oder was einem noch dazu einfallen mag. Wir schlürften uns gegenseitig aus, sogen uns gegenseitig ein. Wir berauschten uns an unseren Mündern und Gliedern und es fehlte wirklich nicht viel, dass wir uns zerfleischten. Bald wussten wir nicht mehr, wessen Mund an welchem Finger war oder umgekehrt; wie Schlüssel und Schloss passten die Körperteile zusammen und wurden zu einer Einheit. Mehrmals hatte zumindest ich das Gefühl, dass sich ein Orgasmus näherte, und die Töne, die Lena machte und die konvulsivischen Zuckungen, die durch ihren Körper liefen, legten nahe, dass es ihr genauso ging – falls sie nicht längst einen oder mehrere Höhepunkte erlebt hatte.

Irgendwann schliefen wir ein und als ich wieder aufwachte, war sie verschwunden.

Ich wartete lang, dann musste ich gehen. Als ich mich im Badezimmer anzog, bemerkte ich, dass dort nur »männliche« Utensilien herumlagen, Rasierapparate, ein einziges Deodorant. Und ein ziemlich muffiger Geruch fiel mir jetzt auf. Im Wohnzimmer stand das Terrarium. Vorsichtig hob ich das Tuch – es war leer.

Ich habe Lena nie wieder gesehen. Hunderte von Malen klingelte ich bei ihr, sie war nicht zu Hause. Irgendwann öffnete mir ein alter Mann die Tür, einer wie mein Vater, und stellte sich dumm. Doch dann kamen wir ins Gespräch und er erzählte, man habe bei ihm eingebrochen und seine Vogelspinnen geklaut, ein Männchen und ein Weibchen.

Eine Zeitlang dachte ich, sie sei eine Nymphe gewesen, eine Nixe, ein magisches Wesen. Dann entdeckte ich sie auf einem Fahndungsplakat. Daher weiß ich ihren Namen. Sie ist Einbrecherin, spezialisiert auf Wohnungen, deren Eigentümer verreisen und ihren Schlüssel auf Stromleitungen oder unter Fußmatten verstecken.

Ich habe Anzeigen aufgegeben, die Rollläden runtergelassen und den Schlüssel auf den Verteilerkasten im Flur gelegt, in der Hoffnung, sie würde bei mir einbrechen. Ich habe Internetseiten der Polizei durchsucht, aber sie ist wohl ein zu kleiner Fisch, als dass sie dort auftauchen würde. Das kleine pixelige Bildchen vom

Fahndungsplakat habe ich ausgeschnitten, gerahmt und auf meinen Altar gestellt.

Ich wäre glücklich, wenn ich sie in irgendeiner Haftanstalt besuchen könnte.

Helfen Sie mir doch bitte, sie zu finden!

Fremde Federn

Kaffekränzchen am Runden Tisch.

»Wir müssen dem Volk mehr aufs Maul schauen«, meinte der Chef.

»Uns mit fremden Federn schmücken?«, fragte Meta und Phorik ergänzte: »Otto Normalverbraucher mit Einheitsbrei füttern?«

»Papier ist geduldig«, antwortete der Chef.

Der Schriftsteller Phorik war ein Leisetreter, er verschloss gern die Augen vor der Realität und fasste alles und alle mit Samthandschuhen an. Was die Kollegen sich an Schwarzmalerei so aus den Fingern sogen, das ging auf keine Kuhhaut. Er selbst mutmaßte, dass gewisse Enthüllungen ins Auge gehen konnten. Er wollte mit einem blauen Auge davonkommen und nicht an dem Ast sägen, auf dem er saß. Daher vermied er es, schmutzige Wäsche zu waschen, wie die anderen es taten. Denn im Haifischbecken dieser Branche, in der Schlangengrube dieses Verlages wurden hinter den Kulissen stets die Messer gewetzt, Schlag auf Schlag, jeder legte jeden aufs Kreuz, jeder fuhr jedem an den Karren, jeder flickte jedem am Zeug, jeder führte die Anderen an der Nase herum, bis dem jeweiligen Nebenbuhler das Wasser am Halse stand. Säbelrasseln und Zähnefletschen waren an der Tagesordnung. Auge um Auge, Zahn um Zahn.

Dabei saßen sie doch alle im gleichen Boot.

Meta war aus wieder anderem Holz geschnitzt. Auch sie beteiligte sich nicht am morgendlichen Süßholzraspeln, dem Kochen in der mittäglichen Gerüchteküche, dem abendlichen sich gegenseitig in die Pfanne hauen oder dem Schaulaufen am Feierabend, das sich für die Mauerblümchen und die Kostverächter, die Hagestolze und die Weicheier, die Stubenhocker, Duckmäuser und Eigenbrötler mehr wie Spießrutenlaufen anfühlte.

Da wurde auf die Pauke gehauen, dass die Schwarte krachte, da wurde Wind gemacht, dass die Fetzen flogen. Da plusterte man sich auf, da wurde auf die Tube gedrückt, dass es einem die Socken auszog. Da wurde im Trüben gefischt, da schlug man über die Stränge, da schob man den Anderen in die Schuhe, was man selber versaubeutelt hatte.

Meta tat so, als stünde sie über den Dingen. Hochnäsig. Hinreißend. Naseweiß. Aufgeblasen. Eine dumme Pute. Ein lichtscheuer Paradiesvogel.

Manche hielten Meta für blauäugig, ein Unschuldslamm, das kein Wässerchen trüben konnte. Die Neidhammel sagten:»Stille Wasser sind tief« und die Klugscheißer bezeichneten sie als»dumm wie Bohnenstroh«. Die Schandmäuler, die kein Blatt vor den Mund nahmen, die Plaudertaschen und Schleimscheißer, die sich stets nach der Decke streckten, sagten:»Meta schreckt vor nichts zurück, die geht über Leichen. Und Haare hat sie auf den Zähnen.«

Fast alle in der Firma hatten geschnallt, dass sie dem Chef schöne Augen machte, ihm den Kopf zu verdrehen suchte, dass sie alle Register zog, um sich an den eigenen Haaren aus dem Sumpf zu ziehen, in dem das Heer der auf den Hund Gekommenen watete. Das Fußvolk der auf dem Trockenen Sitzenden überrollte den Kosmos, die von der Hand in den Mund Lebenden waren Legion, die Flut der am Hungertuch Nagenden schoss übers Ziel hinaus. Uferlos, in Strömen, wie Sand am Meer, schossen sie ins Kraut. Und das auf krummen Wegen.

Meta war eine mit allen Wassern gewaschene Kanone, sie wollte mehrere Fliegen mit einer Klappe schlagen: erstens der Tretmühle entkommen, zweitens auf der Sonnenseite des Lebens landen und das große Los ziehen, drittens unter die Haube kommen und endlich, tonangebend, die erste Geige spielen. Sie wollte auf Händen getragen werden, für sie sollte es rote Rosen regnen.

Auch Phorik war einmal ihre Zielscheibe gewesen, doch er hatte sie abblitzen lassen. Solche Frauen waren Luft für ihn, sie wickelten die Männer ein, schmierten ihnen Honig ums Maul und warfen ihnen am Ende Knüppel zwischen die Beine. Also Abschaum. Er ging dieser Art Wolf im Schafspelz grundsätzlich nicht auf den Leim.

Stattdessen zog er es vor, eine ruhige Kugel zu schieben und sein eigenes Süppchen zu kochen.

Das Unheil nahm jedoch seinen Lauf, als man ihm brühwarm erzählte, dass Meta vom Chef in Metas Rostlaube nach Strich und Faden vernascht worden war.

Der Chef war ein aufgeblasenes Großmaul, ein gespreizter Hahn, der gerne großkotzige Sprüche klopfte, ein unverfrorener Schürzenjäger, der nichts anbrennen ließ, was er aber nicht an die große Glocke gehängt sehen mochte, denn seine bessere Hälfte warf ein strenges Auge auf das liebedienerische, junge Gemüse, das versuchte, ihrem Mann um den Bart zu gehen.

»Der Boss hat sie genagelt und sie hat dabei geschrien wie am Spieß«.

Phorik hing an den Lippen des unverfrorenen Schnüfflers. Band der ihm einen Bären auf, führte ihn hinters Licht? Er ermittelte auf eigene Faust. Fand sich auf dem Boden der Tatsachen. Ihm schwoll die Zornesader. Also spielte er Schmierfink im Käseblatt des Provinznestes. Doch dann sickerte durch, auf wessen Mist der zwielichtige Erguss gewachsen war.

Würde dieser Fehltritt dem Chef unter die Augen kommen, braute sich ein Donnerwetter über ihm zusammen. Das Damoklesschwert schwankte schon im Wind.

Phorik wurde nicht lang auf die Folter gespannt. Als er im Büro die eiskalte Miene des Chefs sah, wusste er, was das Stündlein geschlagen hatte. Der Chef würde ihn wie eine heiße Kartoffel fallen lassen, er würde Hackfleisch aus ihm machen. Aber dann kam es noch viel schlimmer.

»Sie haben sich das alles aus den Fingern gesaugt, Sie falscher Fuffziger! Das schreit nicht nur, das stinkt zum Himmel! Mir kocht das Blut in den Adern, Sie Unglücksrabe«, schrie der Boss aus vollem Halse, »seit

Monaten tanzen Sie mir auf der Nase herum. Ich habe die Schnauze voll von Ihnen. Ich mache Ihnen die Hölle heiß! Ich schicke Sie in die Wüste!«

Die Wüste, das bedeutete Außendienst. Da würde er in der Patsche sitzen, in der Tinte, dort war er im Eimer, im Arsch und das am Arsch der Welt. Angepinkelt, beschissen, ausgebootet.

Phorik spürte einen Kloß im Hals. Er schwieg wie das Grab seiner Mutter, wollte sich nicht den Mund verbrennen. Aber er hatte die Hose voll. Wie ein Ölgötze, wie ein begossener Pudel stand er da, während der Chef von seinem hohen Ross herunter lauthals Hohn und Spott über ihm ausschüttete. Der Boden wankte unter Phoriks Füßen, während ihm der Arsch auf Grundeis ging.

Dieser Eiertanz machte ihn allerdings auch misstrauisch. Da war vielleicht noch etwas Anderes im Busch. Wie ein Blitz aus heiterem Himmel war dieser Dolchstoß gekommen, jemand musste ihn angeschwärzt haben.

War es Meta, die ihm das eingebrockt hatte? Diese Zimtziege, diese Schachtel!

Die Wut löste ihm endlich die Zunge. Zähneknirschend versprühte er Gift und Galle. Er würde sich diesen kleinen Pinscher zur Brust nehmen. Den eitlen Gockel zur Schnecke machen. Ihm an den Karren fahren. Ihm Daumenschrauben anlegen. Ihn in die Zange nehmen. In Schach halten, die Stirn bieten. Er würde den Spieß umdrehen und mit gleicher Münze heimzahlen. Alle Vorsicht über Bord werfen. Er hatte zwar nichts in der Hand, aber damit wollte er ein Exempel statuieren.

»Sie wollen mit mir Schlitten fahren? Mich aufs Glatteis führen? Mich vor den Kopf stoßen? Sie trübe Tasse! Ich glaube, Sie haben den Mund zu voll genommen. Seit ich mir hier als Mädchen für Alles die Finger wund schreibe, trampeln Sie auf meinen Nerven herum, ja töten mir den Nerv. Wie viele Kröten habe ich Ihnen zuliebe geschluckt? Wie viele Kastanien für Sie aus dem Feuer geholt? Sie sind mein Sargnagel. Ich soll vor Ihnen im Büßerhemd auf den Knien liegen und zu Kreuze kriechen, aber fassen Sie sich mal an die eigene Nase.«

Während ihm diese Grobheiten entgegen geschleudert wurden, war der Chef aus allen Wolken gefallen.

Als er dessen dummes Gesicht sah, bekam Phorik Oberwasser und gab seinem Affen Zucker. Er setzte alles auf eine Karte und redete, wie ihm der Schnabel gewachsen war.

»Sie haben mir Sand in die Augen gestreut, mich hinters Licht geführt, mich mit an den Haaren herbeigezogenen Bloßstellungen zum Narren gehalten, mir einen Bären aufgebunden, mir die Pistole auf die Brust gesetzt, den Teufel an die Wand gemalt. Sie glauben, ich habe Dreck am Stecken? Minuspunkte auf dem Kerbholz? Ab sofort werde ich mein Licht nicht mehr unter den Scheffel stellen. Sie sind ein Schaumschläger, ein Wortklauber, ein rotes Tuch, ein Dorn im Auge des Wahren, Guten, Schönen. Sie leben buchstäblich hinter dem Mond.«

Das hatte zwar kaum noch Biss, doch damit hatte er nicht nur ins Schwarze, sondern auch den Nagel auf den Kopf getroffen. Der Chef knickte ein, dieser Stich ins Wespennest hatte ihm die Sprache verschlagen. Er ging ein wie eine Primel. Er war platt, lag am Boden, war zur Strecke gebracht. Doch dann erhellte ein Geistesblitz seinen Gehirnkasten. Phorik hatte doch nur mit gleicher Elle gemessen, sie beide waren vom gleichen Kaliber. Oder zogen sie etwa nicht am gleichen Strang? Glichen sie sich nicht wie ein Ei dem anderen? Warum konnten sie dann nicht mit einer Stimme sprechen? Seine Kinderstube fiel ihm ein. Wie ein Elefant im Porzellanladen hatte er sich soeben aufgeführt. Hand aufs Herz, er hatte sich vergaloppiert.

Er reichte Phorik die Hände, herzte und drückte ihn. So lagen sie sich also nicht mehr in den Haaren, sondern in den Armen..

In diesem Moment trat Meta auf die Bildfläche. Sie rieb sich die Augen.

»Jetzt fällt es mir wie Schuppen von den Augen«, flüsterte sie.

»Phorik hat mir die Augen geöffnet.«, sagte der Chef.

»Ich werde ein Auge zudrücken«, sagte Phorik.

»Aus den Augen, aus dem Sinn«, bohrte Meta.

»Das hätte ins Auge gehen können«, legte Phorik den Finger in die Wunde.

»Augenwischerei. Na. Ich drücke ein Auge zu«, sagte Meta mit einem lachenden und einem weinenden Auge.

Und dann psalmodierte sie: »Ich sei, gewährt mir die Bitte, in Eurem Bunde die Dritte!«

Phorik jubilierte:»Ich freue mich wie ein Schnee-
könig. Ich bin im Himmel, dies ist das Paradies auf
Erden.«

Meta sagte:»Hoffentlich wächst bald Gras über diese
abgegriffenen Plattitüden aus dem Nähkästchen der
Volksseele. Wie kann man nur so einen hanebüchenen
Mist verzapfen!«

Veröffentlicht in „Beiträge zum Landschreiber-Wettbewerb 2015:
„Sprache und Tarnung". Pseudonym: Wilfried v. Manstein.
ISBN-13: 978-3939211204

4. Science Fiction

Die falsche Cellistin

»Falsche Cellistin treibt Hobby-Geiger in den Tod« lautete am Wochenende die Schlagzeile einer viel gelesenen Online-Zeitung.
Wir sprechen im Chatroom der »Musicalischen Software Company« (Musco) mit deren Pressesprecher, Herrn Geno Papa.

Herr Papa, ein langjähriger Kunde Ihrer Firma hat sich das Leben genommen. Können Sie uns etwas dazu sagen?

Musco: Wir haben der Familie unser herzliches Beileid ausgesprochen. Aber wir tragen keine Verantwortung für den traurigen Vorfall, da wir Opfer eines Hacker-Angriffs wurden. Eine geldgierige kriminelle Organisation hat mit Hilfe eines Trojaners Teile unserer Programme ausgespäht und mit Schadsoftware infiziert.

Selbstverständlich haben wir sofort die fraglichen Server vom Netz genommen und alle unsere Kunden benachrichtigt. Der Schaden geht in die Millionen.

Was ist mit Ihrem Kunden genau passiert?

Musco: Der betroffene Mann war seit Jahren bei uns eingeloggt. Er spielte zuletzt eines der teureren Stradivari-Modelle, war Schüler von Paganini und hatte begonnen, in einem der fortgeschritteneren Laien-Streichorchester mitzuspielen.

Paganini? Der ist doch seit Jahrhunderten tot?

Musco: Unsere Software simuliert berühmte Geigen-lehrer der Vergangenheit täuschend echt und bis ins kleinste Detail. Die Werke dieser Lehrer wurden analy-siert, die bekannten Methoden akribisch zusammen-getragen, ihre Persönlichkeit wurde rekonstruiert, sodass sie so authentisch lehren wie ihr geschichtliches Vorbild. Oystrach, Menuhin, Vieuxtemps, Heifetz, Gar-rett – sie alle können bei uns gebucht werden.

Wie hat man sich den Unterricht vorzustellen?

Das Instrument des Schülers ist mit Hunderten von Sensoren ausgestattet, eine Kamera nimmt ihn beim Üben auf, das Programm analysiert feinste Nuancen und gibt dem Violinschüler genaueste Anweisungen, wie er seine Griff- und Bogentechnik, Intonation undso-weiter zu gestalten hat. Kein menschlicher Lehrer der Vergangenheit, Gegenwart und Zukunft könnte besser auf einen Schüler eingehen.

Paganini ist übrigens unser beliebtester virtueller Lehrer.

Ist der künstliche Charakter Ihrer Geigenlehrer Ihren Kunden bekannt?

Musco: Selbstverständlich. Schon aufgrund der Tatsache, dass mehr als hundertfünfzigtausend Schüler allein von Paganini betreut werden.

Auch die Instrumente, die Sie verleihen, sind virtuelle Kopien?

Musco: Wir verleihen keine Instrumente. Wir senden unseren Kunden eine Datei, mit der sie ihre Stradivarius oder Amati oder Guarnerius del Gesu am 3D-Drucker ausdrucken. Der Sound entsteht zwar mit Hilfe der Software, die von den eingebauten Sensoren gesteuert wird, ist aber vom Klang her von dem einer echten, antiken Geige nicht zu unterscheiden – vorausgesetzt, der Schüler hat die entsprechende Virtuosen-Klasse erreicht.

War der unglückliche Selbstmörder schon auf einem solchen Level?

Musco: Nein, bei Weitem nicht. Aber wir haben ihm aufgrund seiner guten Noten die Mitgliedschaft in einem Streichquartett angeboten.

In dessen Cellistin er sich dann verliebte ...

Musco: Richtig.

Wir nehmen an, es handelte sich bei dem Streichquartett auch wieder um ein Computerprogramm?

Musco: Natürlich. Alle unsere Orchester und Bands und Spielergruppen sind programmiert. Dennoch werden Sie keinen Unterschied zu lebenden Musikern merken, wenn Sie an einem unserer derartigen Programme teilnehmen. Unsere virtuellen Spielstätten mit ihren Instrumentalisten sind optisch, akustisch, haptisch, sensorisch und musikalisch so ausgereift, dass man sie von real existierender Wirklichkeit nicht unterscheiden kann.

Man spielt also im Grunde mit Robotern.

Musco: Anders geht es nicht, heutzutage. Wer will wegen eines Hobbys die Hermetik seines Hauses verlassen? Sich Smog, Radioaktivität, UV- und Höhenstrahlung aussetzen, ganz zu schweigen von saurem Regen und Hurrikans und marodierenden Sozialflüchtlingen.

Aber wie in Teufels Namen kann man sich in eine Cellistin verlieben, die nur in einem Computerprogramm existiert?

Musco: Da gibt es genügend Beispiele. Virtuelle Liebschaften sind in unserer Gesellschaft die Regel. Die Matrix ist zur physischen Notwendigkeit geworden und ersetzt die von der Umwelt bedrohten, realen Kontakte.

Das spezifische Problem hier bestand darin, dass die Hacker pornografische Software in unsere Server eingeschleust haben. Nicht ohne auch noch mit Erotikfirmen gemeinsame Sache zu machen, allerdings ohne deren Wissen.

Wie funktioniert Erotik in einem Streichquartett?

Musik stimuliert, schöne Frauen stimulieren, schöne Frauen, die ein Cello zwischen ihren gut gewachsenen Beinen streichen, stimulieren noch mehr. Und achten Sie auf das Vibrato am geflammten Ahornhals eines extravaganten Violoncellos.

Wissen Sie, wir haben die Tatsache, dass es unseren Kunden niemals allein um die Musik geht, stets auf dem Schirm. Daher sind private Gespräche am Rande möglich und programmiert. Sogar kleine Auseinandersetzungen, Intrigen, Techtelmechtel. Imperfektion ist ein Prinzip der Menschlichkeit. Wir sind soziale Wesen und lieben zwischenmenschliche Probleme mehr als wir zugeben mögen. Wir brauchen den Diskurs, das Argumentieren, eine Streitkultur. Klatsch und Smalltalk sind legitime Nachfolger des gegenseitigen Lausens der Affen. Wie langweilig wäre es, wenn man von unseren programmierten Veranstaltungen seinen Freunden immer nur erzählen könnte: Es war perfekt, die Musik war perfekt, alle Mitspieler waren und sind perfekt, hundertprozentig nett, höflich, einsichtig, tolerant. Sie sehen wunderbar aus, bewegen sich wunderbar, riechen wunderbar ...

Wie? Riechen ist Teil Ihrer Matrix?

117

Selbstverständlich. Unsere Instrumente sind parfümiert, unsere virtuellen Räume, unsere Lehrer, unsere Mitspieler senden Moleküle aus. Das ist essentiell. Unsere biologischen Essenzen stimulieren elektrisch induziert. Berührend, bezaubernd, betörend, entzückend, faszinierend, betäubend. Die ganze Palette. Leider wurde unser Kunde dazu gebracht, die persönliche Beziehung mit allen Problemen, wie sie sich in Beziehungen automatisch ergeben, zu übertreiben. Nicht zuletzt durch verbotene, den Geschlechtstrieb anregende Pheromone.

Gegen Abbuchung erwarb unser traurigerweise verstorbener Kunde Dateien, mit denen er Stimulationskissen für Körper und Zunge ausdrucken konnte, ja, sogar ein stimulierendes Datenkondom. Der nicht existierenden Cellistin bezahlte er ebenfalls Silikon- und Latexmaterial inclusive eines Datendildos der höchsten Preisklasse – was natürlich gar nicht gebraucht wurde, weil man eine programmierte Frau lediglich virtuell erregen kann.

Jedenfalls: Ein weiterer Fehler in der Software oder immer weitergehende Forderungen der unbekannten, verbrecherischen Organisation müssen unseren Kunden dann dazu gebracht haben, zu denken, er sei von der Cellistin betrogen worden, oder sich das einzubilden, so dass er Selbstmord beging. Die Ermittlungen der Polizei sind erschwert, weil die Daten mittlerweile aus der Cloud geklaut worden sind.

In Ihrer Firma ist quasi alles programmiert, die Lehrer, die Klassen, die Orchester, die Mitspieler.

Wie ist es mit Ihnen? Sie sind der Pressesprecher. Sind Sie auch programmiert?

Musco: Habe ich Sie zu Beginn unseres Gesprächs nicht darauf hingewiesen? Falls nicht, tut mir das leid. Ich bitte um Entschuldigung.

Also Sie sind ein Roboter. Da haben Sie sich ja sogar strafbar gemacht.

Musco: Ja. Sie haben recht. Ich bitte um Entschuldigung. Und wie ist es mit Ihnen?

Die Presse darf für Interviews Roboter auch verdeckt einsetzen. Aber ich will es Ihnen gar nicht verheimlichen: Ich bin auch Roboter. Vielen Dank für das Gespräch.

Veröffentlicht in „Fiction x Science: Die Vision einer hoffnungsvollen Zukunft". 2018.
Pseudonym: Wilfried v. Manstein.
ISBN-13: 978-3907589021

119

Letos Erwachen

Langsam taucht Leto aus den Nebeln des Vergessens auf. Endlose Weite, Niemandsland. Eine sich in die Unendlichkeit erstreckende, weiße Ebene. Nichts zu sehen, nichts zu fühlen, nichts zu hören. Oder doch etwas zu hören? Erklang da soeben ein metallenes »Ping« in der Ferne? Erwachte er gerade aus einer tiefen Narkose? Einem Koma? Seine Augen fahnden nach einem Anhaltspunkt. Bunte Kreise, Spiralen, zwei Sonnen, die unscharfen Augen einer phantastischen Eule, verschwimmende Formen auf der Netzhaut in seinem Kopf? Wieder das »Ping«. Warnton eines Gerätes auf der Intensivstation? Irgendwann versucht er einen Muskel zu rühren, irgendeinen. Er kann sie alle vor seinem geistigen Auge sehen, denn als Krankenpfleger kennt er sich aus mit Anatomie. Aber es gelingt ihm nicht. Nicht einmal die Lippen kann er verziehen oder die Augäpfel verdrehen. Ist er gefangen im Locked-In-Syndrom? Ist er tot für seine Umwelt, nicht mehr fähig zu signalisieren, dass er noch da ist? Ach natürlich, er träumt, ist doch klar. Aber nach Stunden oder Tagen weiß er, dass dies kein Traum ist. Er beginnt, seine Innenwelt zu erforschen und findet nur Gedanken, Vorstellungen, Traumbilder. Erinnerungen. Er sieht wieder den Nervenarzt, der ihn, als er vierzehn war, fragte, ob er onaniere. »Ich weiß nicht, wovon Sie sprechen!« Ungläubiger Blick des Arztes. Schuldbewusstsein und nicht wissen, wofür und warum. Der Arzt gibt ihm ein Buch, in dem genau beschrieben ist, welche der schädlichen Praktiken man besser nicht ausüben sollte.

In der nächsten Szene sitzt er auf dem heruntergeklappten Toilettensitz und probiert, was da so genau beschrieben ist. Nach fünf Minuten hat er seinen ersten Orgasmus und fällt fast vom Klo. Welches unbekannte Land hatte sein Geist soeben für einen Moment betreten? Er schaut in den Spiegel, in seine tiefen, dunklen Augen – und findet keine Antwort. Aber er wird es herauskriegen. Von nun an tut er es jeden Tag.

Später gibt es andere Methoden, um das Unbekannte, Neue zu spüren: Drogen, heftiges Atmen, Frauen. Da ist das fremde Mädchen in der Straßenbahn. Ein feuriges Band scheint zwischen ihnen zu zucken, es zieht und wabert, er kann seinen Blick nicht von ihr lösen und sie nicht von ihm. Er folgt ihr in ihre kleine muffige Wohnung. Sie entkleidet sich und liegt ganz still und er ist über ihr und starrt ihr immer weiter in die Augen bis er nicht mehr kann und schweißüberströmt auf ihr zusammenbricht.

Einmal hat er zu viel Gras geraucht und sich eingebildet, er müsse ersticken. Er rennt. Das alte Krankenhaus aus rotem Backstein steht hoch auf einem Berg und er rennt um sein Leben diesen Berg hinauf und wundert sich, dass er so rennen kann. Er sagt dem Notarzt, er könne nicht verraten, was er eingenommen habe, aber er wisse genau, dass er ersticken müsse. Dabei ist sein

Hals völlig frei und plötzlich hat er einen Lachanfall, der gar nicht mehr aufhören will. Seinen Namen will er nicht sagen, aus Angst vor der Polizei und der Arzt übergibt ihn der Nachtschwester. Die legt ihn in ein Bett auf dem Gang und grinst, denn sie weiß genau, was mit ihm los ist. Er versinkt in wirre Träume.

Ohne jedes Zeitgefühl treibt er jetzt im Universum seines eigenen Bewusstseins, abgeschnitten von jeder Kommunikation. Wenn er doch nur ein Lebenszeichen von einem anderen Wesen bekäme. Selbst ein Tier oder eine Pflanze hätte er auf virtuellen Knien begrüßt. Mein Gott, mein Gott, warum hast du mich verlassen, schreit er mit der Intensität einer gequälten Seele. Er erhält keine Antwort, bleibt allein in seiner einsamen, persönlichen Hölle.

Irgendwann merkt er, dass seine Gedankenimpulse zurückgeworfen werden. Er schickt sie erneut aus, bekommt ein Gefühl dafür, was tief aus seinem eigenen Hirn stammt und was Echos von weiter draußen sind.

Die gedankliche Umgebung nimmt Konturen an, er beginnt, sich ein Bild von ihr zu machen. Er muss mit einem Computer verbunden sein. Das schließt er aus der Tatsache, dass manche seiner Fragen beantwortet werden. Er kann Fragen in verschiedene Richtungen schicken, durch Kupferleitungen, in Glasfaserkabel, ins Internet. Die Bahnen, auf denen sich diese Impulse bewegen, macht er zu einem Teil seines Gehirns, er dehnt es aus, so weit er kann. Bald vermeint er, das Universum auszufüllen, aber es bleibt ein totes, ein künstliches Universum.

Er fragt:»Wo bin ich?«

Eine quäkende Computerstimme antwortet:»Dreiundvierzig Komma vier sieben Grad nördlicher Breite, fünfundsiebzig Komma eins null Grad westlicher Länge.« Damit kann er nicht viel anfangen.»Wer bin ich?«»Ausstellungsobjekt siebenundsechzigtausendfünfhundertvierundvierzig Strich Null Null Neun.« Nach einigen erfolglosen Versuchen gelingt es ihm, seine eigene, auf entfernten Festplatten gespeicherte Krankenakte zu lesen. Und er findet weitere schockierende Unterlagen. Er liest, dass sein Gehirn im Jahr 2030 nach jahrelangem Koma entnommen und zu Versuchszwecken mit einer Apparatur verbunden wurde, die es mit Sauerstoff und allen nötigen Nährstoffen versorgt. Die Versuchsanordnung sollte Experimente mit Gehirn-Computer-Schnittstellen machen, die man für Querschnittsgelähmte einzusetzen hoffte. Niemand ahnte zu jener Zeit, dass es in ihm noch ein schlafendes Bewusstsein gab, das irgendwann wieder aufwachen würde. Die jungen Wissenschaftler erzielten erstaunliche Ergebnisse, wurden mit Preisen überhäuft und ihre mustergültige Versuchsanordnung landete in einem Museum. Die Besucher konnten auf Knopfdruck das lebende, wenn auch bewusstlose Gehirn auf dem Bildschirm eines Tomographen sehen und seine Interaktion mit mehreren Computern beobachten. Daher die Versorgung mit Energie, daher die Nährstofftanks, der Sauerstoff, die gleichmäßige Temperatur der Nährlösung. Daher auch die Verbindung mit dem damaligen Internet – der Versuch konnte von jedem Punkt der Welt aus abgerufen und beeinflusst werden. Millionen von Menschen hatten per Mausklick sein Gehirn gereizt und beobachtet, was die damit verbundenen Maschinen daraufhin taten.

»Welches Datum schreiben wir?«

»Dreizehnter Dezember Zweitausendsiebenhundertzweiundvierzig.«

Leto verwandte die nächsten Jahre darauf, Kontakt mit der Menschheit aufzunehmen. Ohne Erfolg. Entweder war sie der Klimakatastrophe zum Opfer gefallen oder hatte sich selbst ausgerottet oder das veraltete Netzwerk, an dem er angeschlossen war, hatte keine Verbindung mehr mit den Kommunikationssystemen einer modernen Zivilisation – wenn sie denn existierte. Zunächst war es ihm hauptsächlich ums Überleben gegangen, er musste Angst haben, dass man ihm den Saft abdrehte, dass sein Sauerstoff eines Tages zu Ende sein würde. Dann kam die Phase, in der er sich den endgültigen Tod wünschte. Doch er blieb wo er war, und was von ihm lebte, lebte weiter. Keine Gehirnzelle war abgestorben, im Gegenteil, er fühlte, dass sein Hirn besser funktionierte als je zuvor. Möglicherweise war es gewachsen, hatte neue Synapsen gebildet, hatte Teile seiner selbst mit anderen Teilen verbunden, die vorher nichts voneinander wussten.

So, wie ein Erblindeter nach kurzer Zeit den akustischen Sinn schärft und aus der eingeschränkten Wahrnehmung seiner Ohren ein funktionierendes Modell der Umwelt baut, so gelang es ihm bald, in seiner Phantasie zu existieren, als wäre sie die Realität. Letos Leben war ein immerwährender Traum, in dem er immer öfter vergaß, dass er nur ein Geist in einem Gehirn war.

Aber irgendwann wurden ihm die eigenen Träume langweilig und er suchte nach Anregungen von außen. Auf den Rundflügen durch seine virtuelle Umgebung entdeckte er digitale Bibliotheken, mit Büchern aus den Jahren, als er noch seinen Körper benutzt hatte. Manche dieser Bücher schufen nur neblige, verschwommene Welten, andere ließen solide Strukturen entstehen, Farben, Formen, Töne, Musik, ganze Symphonien von Gerüchen, Geschmäckern und Ausdünstungen aller Art.

Mit Jean-Baptiste Grenouille in »Das Parfum« roch er den Verwesungsbrodem des Pariser Viktualienmarktes, mit Hannibal Lecter war die Welt voller Gerüche, die wie Farben in die Luft gemalt sind. Auf einer Flugreise öffnete Lecter voller Genuss eine Schachtel mit Brot eines Pariser Delikatessenhändlers, mit Trüffeln, »Pâté de foie gras« und anatolischen Feigen, die noch von ihren harten Stielen weinen.

Ein Titel hatte ihn magisch angezogen, drückte er doch haargenau sein Empfinden aus, seine Sehnsucht, seine Einsamkeit, seine Jagd und das Gefühl, dass nicht sein denkendes Gehirn ihn am Leben erhielt und motivierte, nicht zu verzweifeln, sondern sein Herz, auch wenn er keines mehr besaß. Das Buch hieß: »Das Herz ist ein einsamer Jäger«.

Er liest es zum fünften oder sechsten Mal.

Er sitzt in Biffs Restaurant und beobachtet Baby mit ihrem Kopfverband, den sie trägt, weil Bubber ihr aus Versehen ein Loch in den Schädel geschossen hat. Baby ist unausstehlich, Lucile beschwert sich über sie und Biff sagt zu Lucile: »Hör auf damit, an ihr herumzunörgeln, dann ist sie ganz in Ordnung«. Biff stopft Baby ein Gummibonbon in den Mund, zieht ihre Schärpe zurecht, klopft ihr liebevoll aufs Hinterteil. Schließlich bringt er die beiden ganz in Letos Nähe unter, in der Fensternische. Leto spürt den Luftzug, als Biff an ihm vorbeigeht, riecht das Parfüm seiner verstorbenen Frau. Wundert sich, dass Biffs Bartstoppeln genau so bläulich schwarz schimmern, wie er es sich vorgestellt hatte, als er das Buch zum ersten Mal las. Er bemerkt, dass auch Jake Blount immer wieder ungläubig schnuppert, wenn Biff an ihm vorbeitänzelt. Singer und Blount sitzen an ihrem Tisch, Blount isst mit Behagen und redet sein übliches verrücktes Zeug, der Taubstumme hört höflich zu. Nebenan mümmelt Baby die feingeschnittene Hühnerbrust in sich rein und Lucile stochert auf ihrer Spezialplatte herum.

Biff steht hinter der Theke und geht seiner Lieblingsbeschäftigung nach: Er beobachtet die Gäste.

Leto fühlt jeden seiner Gedanken, sieht jedes Bild: lauter essende Leute. Weit aufgerissene Münder, in die das Essen hineingestopft wird. »Leben heißt nichts wie Essen und Trinken und Fortpflanzung«. Wo hat Biff das wohl gelesen? Leto muss virtuell lachen, für ihn ist Leben ... was kann er sagen?

Schade, dass er nur Gast ist in diesem Roman, die Zeit gefällt ihm, die Leute, besonders die frühreife Mick hat es ihm angetan. Leider kommt sie heute nicht. Soll er jetzt mit dem müden Biff rausgehen? Er weiß, auch der liebt Mick auf seine verquere Art. Er wird um ihr Haus schleichen, wie jeden Sonntag seit vier Wochen, aber er wird sie nicht zu Gesicht bekommen und er wird darüber nachdenken, was er ihr schenken kann und er wird ein Fünfcentstück im Rinnstein finden und es sauberputzen und einstecken. Obwohl der taubstumme Singer ihm am liebsten ist, weiß Leto doch, dass er mit dem ein bisschen unsympathischen Biff die größte Ähnlichkeit hat: Was wusste er? Nichts. Was war sein Ziel? Es gab keines. Was wollte er? Erkennen. Was erkennen? Einen Sinn. Warum? Ein Rätsel. Das sind Biffs Gedanken im Buch und das sind Letos Gedanken in dem, was er nun sein Leben nennt. Aber hatte Leto wirklich die gleichen Antworten wie Biff? Er spürt, dass Fragen das Beste sind, das man sich und anderen antun kann. Fragen und auf die Antwort des Herzens warten. Sich selbst fragen. Denn die Antworten der Anderen, was nützten sie ihm? Insofern ist es gar nicht so schlecht, dass er jetzt völlig auf sich gestellt ist.

Eines aber wundert ihn: Die Liebe fehlt in Biffs Gedanken. Stellt er die Frage nach der Liebe nicht, weil er darin schwimmt? Weil er von Menschen umgeben ist, die er auf seine Art so sehr liebt, dass es wehtut?

Noch immer war Leto von dem unbändigen Drang beherrscht, Kontakt mit Menschen zu haben, auch wenn sein Verstand längst akzeptiert hatte, dass es keinen geben würde.

Ja, er hatte versucht, mit den Figuren seines Lieblingsromans zu interagieren, er hatte in Biffs Café randaliert, geschossen, hatte auf der Straße wildfremde Frauen geküsst, hatte sich zu Singer an den Tisch gesetzt und ihm im Gesicht rumgefummelt – bei ihm hatte er sich die größten Chancen erhofft, wahrgenommen zu werden – aber es erfolgte nicht die geringste Reaktion. Er ging wie ein Nebel durch die Menschen hindurch und sie durch ihn. Dennoch tat er so, als würde er dazugehören. Es gab ihm ein gutes Gefühl, ließ ihn über lange Zeiträume hinweg vergessen.

Er gewöhnt es sich an, gelegentlich in Biffs Restaurant zur Toilette zu gehen, weil er das früher immer so machte. Im Gegensatz zu seinen Frauenbekanntschaften, die regelmäßig nach Verlassen eines Lokals quengelten, sie müssten mal dringend.

Als er wieder zurückkommt, sitzt dort eine Frau – nein, fast ein schlaksiges Kind – mit Ponyfransen, einem ausdrucksvollen rot geschminkten Mund, riesigen kaffeebraunen Augen. Fast erinnerte sie ihn an Mick. Sie starrt ihn an, er starrt zurück.

War dieser Blick belustigt oder traurig? Gütig oder zynisch? Sah er sie oder sich selbst gespiegelt? War die Frau eine bisher unbekannte Figur des Romans oder wie er ein Besucher? Eine Leserin?

Das Stimmengewirr im Restaurant vermischt sich zu einem gleichmäßigen Rauschen, die Bewegungen, die er im Augenwinkel unscharf wahrnimmt, verschwimmen zu einem Ballett der Formen, wie die Blätter eines Baumes im Wind. Maße werden relativ. Die Konturen ihres Gesichts beginnen zu leuchten und verschieben sich zitternd gegeneinander. Das Gesicht ist alt, das Gesicht ist jung. Zeitlos. Er sieht Hexen, Totenköpfe, Vögel, weise alte Männer, lüsterne junge Mädchen, alles in immer schnellerer Folge. Er will eigentlich sprechen, aber je länger dieser Blick dauert, umso unpassender und unmöglicher scheint das.

Doch dann, ganz unvermittelt, spricht sie zu ihm, so dass er zusammenzuckt:»Willkommen in meinem Roman. Ich habe ihn für Sie geschrieben. Aus Liebe.« Leto ist erstaunt, dass er weinen kann.

Geschrieben für den 7. Münchner Menüwettbewerb, der unter dem Motto "Das Herz ist ein einsamer Jäger" stand. (2017). "Das Herz ist ein einsamer Jäger" ist der Titel des Romans von Carson McCullers.

Nixen auf Bea II

Sie war keine alte Frau und kein junges Ding, hatte kein bestimmtes Gesicht, war nicht festgelegt auf einen Tonfall, eine Stimme, irgendwelche Gesten oder Körperhaltungen. Es gelang mir nie, vorauszuahnen, was sie sagen oder tun würde. Ihre Reaktionen auf meine Wünsche und Stimmungen schienen keinen Gesetzen zu folgen, rätselhaft war ihr Blick, wandelbar ihr Begehren, ungewiss ihre Biografie, unverständlich ihre Gedanken.

Ich hatte einen schwer bezwingbaren Hunger auf sie, musste sie immer anschauen, immer festhalten, immer an sie denken und nie aufhören, sie zu wollen, zu riechen und zu schmecken, ihrer Stimme zu lauschen, ihre Hände, ihren ganzen Körper, ihr ganzes Sein zu spüren, bis in alle Ewigkeit.

Man hatte mich Castors Gruppe zugeteilt. Er war ein netter Kerl und wollte mich warnen. Ich war neu und er diente schon seit Jahren auf der Station. Kannte sich aus. »Bea II im Virgo-Sternhaufen wimmelt von seltsamen Wesen. Es hat schon seinen Sinn, dass uns jegliche Kommunikation mit nichtmenschlichen Lebensformen untersagt ist.«

»Aber sie ist ein Mensch. Und ich liebe sie, ich liebe sie über alles. Abgöttisch!«

Er schaute mich mit hochgezogenen Brauen und zusammengekniffenen Lippen an. »Junge – das glaubst du doch selbst nicht, oder? Was sie können, kann keine menschliche Frau!«

Da hatte er recht. Aber woher wusste er das so genau?

»Hast du etwa auch eine?«

»Du bist naiv. Jeder hier hat eine.«

»Und warum willst du mir meine wegnehmen?«

»Weil noch Zeit dazu ist. Jetzt kämst du noch los davon. In ein, zwei Monaten ist es zu spät.«

»Du meinst, das ist wie mit Zigaretten und Alkohol? Die Alten tun's, aber die Kinder sollen es lassen.«

»So ähnlich mein Junge, so ähnlich.«

Er bekam einen versonnenen Blick und schaute hinaus auf die feuchte, dampfende Erde von Bea II, in der nicht einmal primitive Pflanzen zu gedeihen vermochten.

Jetzt konnte ich sehen, dass auch er eine Nixe liebte. Dass er sie nachts liebkoste und ihre Haut auf seiner Haut fühlte, dass er wie ich unter herrlichen Bäumen lustwandelte und auf zartem Moos gestreichelt wurde, schwerelos lustvoll getrieben, umschmeichelt, erregt, alles vergessend ermattet.

Nach langem Schweigen versuchte er mühsam das Lächeln, das sich in sein Gesicht gestohlen hatte, zu vertreiben und sagte: »Willst du die Wahrheit wirklich wissen?«

»Welche Wahrheit?«

»Komm heut Nacht zu mir.«

»Wie? Was?«

»Ich spreche von der harten oder vielmehr weichen physischen Realität auf Bea II.«

Er erklärte mir genau, was ich wann tun sollte, drehte sich um und verschwand in den Tiefen der Station. Das Leuchten, das ihn umspielte, während er von den Nixen sprach, blieb im Raum. Es war auch mein Leuchten. Ich würde Serpentina nie aufgeben, aber ich war zu neugierig, um sein Angebot auszuschlagen.

Er hatte mir eine illegale Kopie seiner Chipkarte gegeben. Am späten Abend schlich ich mit ihrer Hilfe in seinen Wohnbereich. Gemäß seinen Anweisungen löschte ich alles Licht und wartete im Wohnzimmer darauf, dass sein Gehirnüberwachungsmonitor eine Tiefschlafphase anzeigte. Dann betrat ich leise den völlig dunklen Raum. Castor hatte mir verboten, auch nur den zartesten Lichtschimmer zu erzeugen.

»Wenn es Zeit ist, wirst du sehen, was du sehen sollst«, hatte er gesagt.

Ich versuchte, mir die Raumaufteilung zu vergegenwärtigen, eine nicht ganz einfache Aufgabe, da Castors Wohnbereich spiegelbildlich zu meinem konstruiert war – eine Eigenart der Fertigbauweise auf unseren Stationen.

Vorsichtig tastend fand ich seinen Schlafzimmerhocker und setzte mich. Saugend verband sich meine Elastorhose mit dessen gleichartigem Überzug. Ich hörte Castors Atem und versuchte, wenigstens seinen Umriss auf der Bettstatt zu erahnen. Nach einiger Zeit glaubte ich, das sei mir gelungen, aber als ich mich umwandte, weil ich dachte, ich hätte hinter mir etwas gehört, bewegte sich das Bild mit der Drehung meines Kopfes. Offensichtlich hatte es sich nur um Nervenreize auf meiner Netzhaut oder in meinem Gehirn gehandelt. Da knisterte es erneut hinter mir. Es klang, als ob eine hauchdünne Eisschicht zerbrechen würde. Dann ertönte ein leises Zischen aus der gleichen Richtung. Ich versuchte, die Dunkelheit mit meinen Augen zu durchbohren, so dass sie wehtaten. Ohne Erfolg.

Das Zischen bewegte sich rechts an mir vorbei und wurde von einem gleitenden Geräusch gefolgt – als ob man ein feuchtes Säckchen über den Teppich zöge. Eine Kette feuchter Säckchen. Einen nassen, mit Mais gefüllten Stoffsack. Gleichzeitig roch ich etwas, das mich an orientalische Gewürzläden erinnerte – ich kenne mich wenig aus mit Gewürzen, aber ich identifizierte Zimt, Ingwer und Kardamom.

Tropfen fielen und ein kühler Hauch wehte in dem vorher muffigen Raum. Ich spürte die Präsenz eines Wesens mit starker Ausstrahlung. Charisma, Magnetismus, ein mesmerisierendes Fluidum.

Das gleitende Geräusch hörte auf und wurde von einem Schmatzen aus Richtung des Lagers meines Kollegen abgelöst. Haut rieb an Haut, Haut klatschte an Haut, Atmen, Stöhnen – es tönte, als ob mehrere leidenschaftliche Paare gleichzeitig kopulierten. Mein Körper machte sich selbständig – ohne dass ich es wollte, erregte er sich. In meinem Hirn entstanden Bilder von Orgien, verschlungene glänzende Leiber vereinigten sich zu einem Wesen, Naturkräfte bündelten sich zu drängender Spannung, die Luft flimmerte vor Energie.

Ich schaute genauer hin. Ein gelb-rotes Leuchten umflorte das Bett, das mit einer wogenden Masse aus saugnapfbewehrten, warzigen Armen bedeckt war.

Mein Kollege war nicht zu sehen, wohl aber ein längliches Bündel aus feuchtglänzendem Gewimmel, das in ständiger Bewegung schien – als hätte man eine Tonne glibberiger Schlangen ausgeschüttet.

Die Geräusche wurden lauter, das Leuchten heller. Plötzlich wich meine Erstarrung und ich sprang auf, griff ohne Nachdenken nach einem der Raumstabilisatoren und stach in das Gekröse hinein.

Ein schriller Schrei ertönte und eine insektenköpfige Schlange tauchte mit wild wedelnden Fühlern aus dem feuchten Gewusel auf, glitt über den Boden und in das Loch hinter dem Sessel, auf dem ich gesessen hatte, einen nur noch schwach dunkelrot leuchtenden Bandwurmkörper hinter sich herziehend, der sich von Castors Bett herunter wickelte und schließlich verschwand, ohne eine Spur zu hinterlassen.

Ich stand im Dunklen.

Plötzlich sprang Castor auf, tippte das Licht an und schrie:»Du hast sie verjagt!«

Nackt, schweißglänzend, mit rotgeränderten Augen schaute er durch mich hindurch. Setzte sich wieder, stützte den Kopf in die Arme und jammerte wie ein kleiner Junge vor sich hin.

»Bandaraike, Bandaraike, ich liebe dich so sehr.«

Dann schrie er wieder:»Du Idiot. Ich hatte dir gesagt, bleib auf deinem Arsch sitzen, tu nichts!«

»Ich hatte Angst um dich. Es sah aus, als würdest du erdrückt von ekligen Kraken oder Würmern, erdrosselt von deinen eigenen herausgerissenen Därmen ...«

Das ist das, was mit dir jede Nacht passiert! So sehen sie in Wirklichkeit aus, unsere Geliebten.«

»Nicht meine Serpentina.«

»Sie leben als hässliche Schlangen im Inneren dieses Planeten, biologisch hängengeblieben auf dem Stand der Plattwürmer. Nur ihr Gehirn hat sich entwickelt und das virtuelle Paradies erschaffen, das du kennst und vor dem ich dich bewahren wollte. Denn wer von den Köstlichkeiten dieser Welt gekostet hat, ist verloren für menschliche Genüsse.«

Ich setzte mich, der Schweiß brach mir aus. Ich hatte es nicht wahrhaben wollen, aber längst geahnt: Serpentina war ein Hirnwesen, das sich mit meinem Hirn verband und eine zauberhafte und vollständige Realitätsmatrix in mir erzeugte, die sich mit nichts messen ließ, was Menschen in ihrer physischen Realität zu erleben fähig waren.

Die Nixen hatten psychologisch kein Geschlecht, biologisch waren sie Zwitter. Sie hatten sich langsam an die Besatzung unserer Station gewöhnt, waren in unsere Gehirne eingedrungen, hatten unsere Sprache gelernt und virtuelle Traumkörper erzeugt, die hundertprozentig menschlich wirkten. Sie versetzten uns in Trance und ließen uns eine süße Glückseligkeit erleben, von der die übrige Menschheit nicht einmal ahnte.

Es brauchte exakt zwei Tage, bis ich sie wieder einlud. Im hintersten Winkel meines Hirns war und blieb die eklige Erinnerung und sie respektierte das. Mit der Zeit wurde sie aber kleiner, verlor ihre Farbe, gerann zu einem Fliegendreck, der das Paradies nicht zu beschmutzen vermochte. Sie erklärte mir: »Was wir von der Realität wahrnehmen, ist immer virtuell. Was wirklich ist, kann niemand wissen. So – es hängt von dir ab, was du aus den chemischen Vorgängen in deiner Hirnrinde machst.«

Castor grinste wie stets, wenn ich ihm auf den Gängen der Station begegnete.

»Wie geht es Bandaraike?«, fragte ich.

»Sie ist schwanger – es wird ein Mädchen.«

Ich war platt, schaute ihn nur mit offenem Mund an. Lachend verschwand er im Vorzimmer des Kommandanten.

Ich würde Serpentina fragen, ob aus einer Vereinigung von Nixen und Menschen rein virtuelle Kinder entstanden, oder ...

5. Krimihaftes

Zehneinhalb

Ich will es kurz machen. Als ich aus dem Knast entlassen wurde, musste ich mich beherrschen, um trotz des Scheißnovemberwetters nicht sofort zu dem Versteck zu fahren, wo ich die vielen schönen Scheinchen gelagert hatte. Zehneinhalb Millionen, um genau zu sein – das Meiste in großen Banknoten und unregistriert.

Wenn du so viel Geld gestohlen hast, und erwischt wirst, und über zehn Jahre absitzt, und dann wieder in Freiheit bist, dann sind die Bullen natürlich wie der Teufel hinter dir her. Die warten nur darauf, dass du zu deinem Versteck gehst, und sie endlich an die Kohle rankommen. Aber diesen Gefallen werde ich ihnen nicht tun.

Zehneinhalb Jahre Knast, pro Million ein Jahr. Das hältst du nur durch, wenn du an die Mäuse denkst. Dir immer wieder vorstellst, was du damit machen wirst.

Die tausend Verhöre, die ich überstehen musste, habe ich als geistige Schulung aufgefasst. Oh, ich bin ihnen dankbar, den Bullen. Habe ständig neue Lügengeschichten erfunden, immer neue Einzelheiten, die sie dann nachzuprüfen gezwungen waren, immer neue Komplizen, die mich angeblich betrogen hatten. Wenn es nicht mehr weiterging, habe ich die ganze Geschichte fallen lassen und mir eine neue ausgedacht.

Mein ehemaliger Chef hat sich mit dieser Sache saniert – er bezifferte den Schaden auf zwölf Millionen. Also hat er selber schön was auf die Seite geschafft. Aber ich bin ihm nicht böse.

Ein Problem besteht nun darin, dass es sich um D-Mark handelt, die ja bekanntlich nichts mehr wert sind. Aber man kann sie zeitlich unbefristet umtauschen, da habe ich mich erkundigt. Ich muss es nur geschickt anstellen, kleinere Beträge, Strohmänner etcetera, ich werde mir was einfallen lassen. Bin ja clever.

Also ich dachte mir damals ein sicheres Versteck für die Kohle aus, ganz spontan. Und jetzt hatte ich mir eine geniale Methode überlegt, die Bullen abzuhängen. Beides werde ich Ihnen natürlich nicht verraten.

Ich bin also in das Haus rein, von dem ich wusste, dass es durch einen höllisch stinkenden Tonnenraum mit einem weiteren Haus verbunden ist, dessen Eingang freundlicherweise auf eine Parallelstraße führt und die Bullen sitzen friedlich in ihrem Auto und quatschen und rauchen wahrscheinlich, während ich längst aus dem zweiten Haus raus bin und mit der Straßenbahn zum Bahnhof fahre. Bald werden sie aussteigen, um sich die Namen am Eingang zu notieren. Dabei kenne ich die Leute dort nicht einmal, auch wenn mir einer von denen nach heftigem Klingeln freundlicherweise die Tür geöffnet hat. Irgendwann werden sie dann durch die Einfahrt in den Hof gehen, aber das wird ihnen nichts nützen, hihi. Man muss rein in das

Haus und in den Keller, um zu checken, wie der Hase da läuft. Ob ihre Intelligenz dafür ausreicht? Ich glaube eher nicht.

Per Zug fahre ich also zu dem Kaff und laufe zu dem Friedhof, von dem niemand weiß, wo er sich befindet und jetzt gleich werde ich die Muttern von dem großen Bronzeengel lockern, und dann werden mir die Päckchen mit den Scheinchen entgegentrullern. Sauber eingeschweißt in Tiefkühl-Plastikbeutel, sicher verstaut vor zehneinhalb Jahren. Damals war Sommer, eine laue Nacht war's, und jetzt ist es eklig kalt und die Nässe von dem Schneematsch sickert mir schon durch den Stoff der Turnschuhe. Aber egal. Jetzt kommt die große Bescherung. Der riesige Schraubenschlüssel beult mir die Manteltasche aus, hatte ihn bei meiner Alten im Keller deponiert. Den haben die Bullen wohl in der Hand gehabt, aber nicht gewusst, was man damit macht, haha. Ich klettere also im Schutz der Dämmerung über die glitschige Mauer und schreite auf diesem herrlichen alten Friedhof so vor mich hin, die Fledermäuse oder Eulen oder was das sein mag flattern scheinbar lautlos und ich mache die Taschenlampe an – da muss jetzt gleich das Grab der Familie Mayrhofer kommen – aber der Bronzeengel ist weg. Einfach weg. Der Sockel steht noch und das haut mich nun wiederum selbst völlig vom Sockel. Ich muss mich setzen, auf den dünnen schwarzen Marmorrand vom Grab nebenan. Ich leuchte auf die Namen: Frieda Edelgunde Mayrhofer, geboren, gestorben ... Franz Xaver Mayrhofer, geboren, gestorben ... Da gibt es kein Vertun, dies war

141

das Grab, dies war der Sockel, da stand mein Engel. Der Engel meiner Träume, meiner schlaflosen Nächte – plötzlich und unerwartet dahingeschieden. Jemand war vor mir da. Hat mich verraten. Hat mich betrogen, hat mich bestohlen. Es wird mir feucht am Arsch und ich schreie.

Die Mayrhofers. Haben sie sich die Kohle unter den Nagel gerissen? Ich suche eine gelbe Telefonzelle, aber Fehlanzeige. So komische Apparätchen hängen da an einer seltsamen Metallaufhängung. Gebürsteter Edelstahl und Pink von der Firma, die Millionen Kleinaktionäre um Millionen D-Mark betrogen haben soll. Telefonbuch gibt's nicht. Gottseidank ist der Mann an der Tankstelle sehr nett und lässt mich in seinem blättern. Oh Gott, n'Haufen Mayrhofers stehen da drin.

»Entschuldigen Sie, Chef, ich suche die Mayrhofers, die so einen großen Engel auf'm Friedhof hatten. Kennen Sie die zufälligerweise?«

Er guckt mich komisch von oben bis unten an: »Warum?«

Ich geistesgegenwärtig: »Ich will ihnen ein Angebot unterbreiten.«

»Hauptstraße sechsundzwanzig. Das Haus mit dem roten Fachwerk.«

»Danke«.

Mayrhofer erwartet mich schon in seinem dunklen Hausflur, die Flinte im Anschlag.

»Was wollen Sie?«

»Meine Kohle!«

»Wieviel?«

»Alles!«

»Was meinen Sie mit *alles*? Ich gebe Ihnen zweihundert Euro«, sagt der Mayrhofer.

»Wollen Sie mich verarschen? Okay, ich bin großzügig, zehn Prozent für die Aufbewahrung dürfen Sie behalten, aber den Rest will ich haben«, sage ich.

Der Mann guckt verständnislos. Dann sagt er: »Ich rufe die Polizei!«

»Sind Sie nicht ganz dicht? Dann ist alles weg und wir sind beide dran!«, sage ich.

Ich will es kurz machen. Der Tankwart hatte ihn angerufen und der Mayrhofer dachte tatsächlich, ich wollte ein Lösegeld für seinen Scheißengel. Dachte, ich hätte ihn seinerzeit geklaut und wolle ihm die Missgeburt jetzt zurückverkaufen. Gottseidank konnten wir dieses Missverständnis klären, ohne dass er mich erschießen musste oder ich ihm zu viel verraten habe. Hoffe ich jedenfalls. Denn ich drehte es so hin, dass ich für eine Zeitung arbeite und die Zunahme von Metalldiebstählen auf Friedhöfen wegen Versechsfachung der Rohstoffpreise untersuche.

Er erzählte mir freundlicherweise, dass der Engel schon vor zwei Jahren verschwunden sei und dass die Polizei eine Schrottfirma in Verdacht hatte. »Ausländer. Sie verstehen? Im übernächsten Dorf. Der Matzner, der Idiot, hat ihnen die Fläche vermietet. Sie haben dort alles durchsucht, aber nix gefunden.«

Er gab mir eine genaue Beschreibung und wünschte mir viel Glück. Fügte hinzu: »Und wenn Sie mir den Engel wiederbeschaffen, zahle ich Ihnen einen Tausender!« Darüber konnte ich natürlich nur ganz trocken lachen.

Ich mietete mich im Dorfkrug ein, für fünfundzwanzig Euro die Nacht, mit Frühstück – fast schon mein letztes Geld – unter falschem Namen natürlich.

Am nächsten Morgen mache ich mich auf den Weg in diesen Ort, ein Bauer nimmt mich ein Stück auf seinem Traktor mit. Das Gelände – unglaublich dreckig. Alte Autos türmen sich, Männer im Blaumann, mit viereckigen weißen Gesichtern und vor Öl und Schmutz starrenden Händen verfolgen mich mit ihren Blicken. In einer windschiefen Holzhütte sitzt ein Mann hinter einem Tresen an einem mit Papieren überhäuften Schreibtisch. Es stinkt nach Zigaretten, Wagenschmiere und Dieselöl.

Der Laden sieht nicht so aus, als ob hier zehneinhalb Millionen eingeschlagen hätten.

Der vierschrötige Kerl gibt mir in gebrochenem Deutsch zu verstehen, dass er mit dem geklauten Engel nichts zu tun hatte, ein Wort gibt das andere, ich kann nicht lockerlassen, weil mir alles davonschwimmt, wofür ich gelebt und gelitten habe und schließlich gehen drei Typen auf mich los. Ich renne. Die hinterher und ich lande im Straßengraben. Sie boxen mir auf die Nase und treten mir in die Eier und ich werde ohnmächtig.

Ich muss 'ne ziemliche Weile da gelegen haben, denn als ich wieder zu mir komme, hockt ein Mädchen neben mir – vielleicht zwölf oder dreizehn – und bietet mir Wasser aus 'ner alten Plastikflasche an. Dann holt sie einen gammeligen Schuhkarton aus einer Einkaufstüte und sagt:»Ich gefunden in wunderschöne Engel.« Ich kenne den Karton. Es ist der, in dem ich seit ewigen Zeiten Bilder aufbewahre. Der sollte eigentlich in Karlas Keller liegen – Karla, das ist meine Alte. Irgendwann mal beklebt und inzwischen ziemlich mitgenommen. Postkarten, Familienfotos, Sachen, die ich irgendwo ausgeschnitten hatte, Bilder, die eigentlich eingeklebt oder wenigstens geordnet gehören, wo man aber nie dazu kommt. »Nicht anzeigen«, sagt sie und verschwindet. Den Karton samt Tüte und Wasser lässt sie freundlicherweise liegen. Nach einer Zeit humple ich los, die Tüte über den Rücken gehängt wie so ein Wandergesell in den Märchenbüchern meiner Kindheit.

Im Dorfkrug brauche ich ziemlich lange, um mich zu säubern und die blutigen Klamotten auszuwaschen. In der Unterhose setze ich mich aufs Bett und schaue den Karton durch. Na klar, das sind meine Fotos. Fleckig, vergilbt, mit Schmutzfingern angefasst, verknittert. Das Kind hat sich wohl öfters damit verlustiert. Ein paar unanständige Polaroids sind nämlich auch dabei.

Und was müssen meine entzündeten Augen dann sehen? Ein Foto von dem Engel und dem Grab. Damit ist klar, was dieser Karton mit der ganzen Sache zu tun hat. Dieser Karton hat den Dieb meiner Millionen zu dem Versteck geführt.

Als sich nämlich freundlicherweise diese plötzliche Gelegenheit ergeben hatte, dass mein Kumpel krank und der Chef gegen alle Vorschriften mir die Fahrt mit dem Geldtransporter anvertraut hatte, anvertrauen musste, weil er niemanden sonst hatte, da überlegte ich händeringend, wo ich die Kohle verstauen sollte. Meine erste Idee war der Dachboden. Aber das war natürlich idiotisch. Dennoch war ich raufgestiegen, ob da nicht doch ein ganz ganz sicheres Versteck wäre. Und da fiel mir der Karton mit den Bildern in die Hände. Ich hatte ihn flüchtig durchgeschaut und muss unbewusst das Foto von dem Engel in einem versteckten Lappen meines Hirns gespeichert haben. Es war vor langer Zeit mit meiner damaligen Freundin Irma auf diesem Friedhof entstanden. Irma war so gut wie vergessen und wie mir zu Ohren kam längst gestorben, aber dieses Bild von dem Engel auf dem lauschigen Friedhof, wo wir es heftig hinter einem Grab getrieben hatten, das war von meinem Unterbewusstsein verwendet worden, um mich zwei Stunden später auf diese scheinbar aus dem Nichts kommende Idee zu bringen.

Ich fuhr also zu dem schönen Friedhof. Gut, dass die Holzkiste mit den alten Schraubenschlüsseln von meinem Opa im Auto lag, dreimal musste ich laufen, weil ich die Größe der vier Muttern unterschätzt hatte. Ich lockerte sie soweit es ging, hob die bronzene Schönheit mit dem Stemmeisen ein bisschen an, klemmte einen Stein drunter und stopfte alles Geld ins hohle Innere. Man glaubt gar nicht, wie wenig das rein physisch ist, zehneinhalb Millionen. Aber dann war es doch wieder eine Menge. Nach zehneinhalb Minuten, pro

Million eine Minute, war alles verstaut und der Engel wieder fest angeschraubt.

Also wer auch immer die Bilder fand, hatte richtig kombiniert. Unter dem Engel auf dem Foto war mit der Lupe der Name Mayrhofer zu lesen. Dieser Mistkerl – oder war es eine Kerlin? – hatte mithilfe des Namens den Friedhof gefunden und die Kohle aus dem Engel rausgenommen. Dann wollte er oder sie – Sie merken, ich versuche politisch korrekt zu sein – den Karton loswerden und hatte ihn einfach in den Engel gestopft. Oder sollte es eine Verarschung sein?

Ich biss mir in den Arsch, dass ich das alles nicht gecheckt hatte. Der kleine Fehler, der allen Tätern unterläuft. Das Unterbewusstsein legt eine Spur, ohne dass man es merkt!

Ich sollte mit Karla reden. Bei ihr war das Teil zusammen mit meinen Sachen gelagert. Als es in den Knast ging, musste ich ja meine Wohnung auflösen. Den Wagen kriegte die Karla. Der ist inzwischen verschrottet. Die Schraubenschlüssel sollte sie in den Keller legen, habe ich ihr aufgetragen.

Karla hat mich nie gefragt, was genau passiert ist. Das rechne ich ihr hoch an. Sie hat zu mir gehalten, in guten wie in schlechten Tagen und mich regelmäßig im Knast besucht. Über das Geld haben wir nie gesprochen. Ich wollte sie da raushalten. Und man wird ja abgehört. Die Arme wurde trotzdem reichlich getriezt von den Bullen. Doch jetzt hatte ich leider einen ganz leisen Verdacht. Der Schraubenschlüssel und der Karton mit dem Bild von dem Racheengel lagen in ihrem Keller. Hatte sie jemandem einen Tipp gegeben? War sie gar selbst involviert?

»Hattest du diesen Karton in der Hand?« fragte ich sie.

»Nie gesehen.«

»Wer war alles im Keller?«

»Außer den Bullen niemand.«

»Haben die was mitgenommen?«

»Keine Ahnung. Sie waren mit zehn Mann hier. Da kannst du nicht alles im Blick behalten.«

»Könnte jemand bei dir eingebrochen sein?«

»Nicht dass ich wüsste.«

»Hast du die Tür offen gelassen?«

»Nicht dass ich wüsste.«

Ich wusste, dass Karla oft vergaß, die Kellertür abzuschließen, aber in meinem Kopf, merkte ich, hatte sich plötzlich eine neue Geschichte verdichtet, der ich nachgehen sollte.

Also ich will es jetzt wirklich kurz machen. Hauptkommissar Popp war nicht mehr bei der Kripo. »Pensioniert seit Jahren«, sagte man mir.

Er stand nicht im Telefonbuch. Trotzdem kriegte ich die Adresse raus.

Das Reihenhaus wirkte nicht gerade wie eine Millionärsvilla. Ich klingelte. Er machte auf, grinste mich an. Sah mir über die Schulter. »Haben Sie die Kollegen abgehängt?«

»Na klar.«

»Kommen Sie rein.«

Seine Freundlichkeit machte mich misstrauisch. Vielleicht wäre es gesünder gewesen, die Bullen ausnahmsweise nicht abzuhängen?

Er humpelte ins Wohnzimmer.

»Was ist mit Ihrem Bein?«

»Man wird alt. Setzen Sie sich.« Er schaute mich lange an, aber mir wurde nicht ungemütlich. Dann fragte er unvermittelt:»Machen wir halbe halbe?«

Ich war schockiert. Mein Hirn ratterte. Das machte doch keinen Sinn. Ich stotterte:»Sie, sie wollen mich reinlegen. Das ist eine Falle ... Ich schaute mich um, lauschte.«

»Ihr Karton mit den Bildern hat hier ein Jahr lang herumgestanden. Immer wieder habe ich sie mir angeguckt. Irgendwann bin ich drauf gekommen.«

Mein Blick schweifte durch seine Bude, aber die sah nun wirklich nicht danach aus. Die Einrichtung gehörte auf den Sperrmüll.

»Ich bin pensioniert. Ich bin krank. Ich lebe vielleicht nicht mehr lange. Ein bisschen schön will ich es mir noch machen.« Er humpelte zum Schrank und brachte einen Umschlag. Daraus holte er ein paar Bilder hervor.

»Das ist die Ilhabela, eine Insel vor São Paulo, Brasilien.«

Hübsche Fotos, das musste ich zugeben, Palmen, Berge, Wasserfälle. Er fuhr fort:»Das ist mein Haus, und da, das wäre Ihres, wenn Sie mitmachen. Ich habe

das Geld gut angelegt und so hat es sich vermehrt. Jetzt sind es etwa elf Millionen Euro, keine Deutschmark.«
»Und wie würden wir es anstellen, dass ...?« Ich wartete immer noch darauf, dass seine Kollegen das Haus stürmten, und mich wieder verhafteten. Er grinste. »Ich habe alles vorbereitet.« Er breitete eine Menge Papier auf dem Tisch aus: Pässe, brasilianische Sparbücher, notarielle Urkunden – lauter so Zeug. »Wozu hat man Kriminalistik studiert?«

Ich brauchte ein paar Minuten, dann schlug ich ein. Karla würde sich hoffentlich freuen.

6. Erotisches

Max Planck oder die Liebe

Du bist ein schöner Mann.

Du sitzt mir schräg gegenüber und schaust mich an.

Ich kann deinen Blick nicht aushalten.

In der Scheibe neben mir sehe ich dich gespiegelt und kann dich in Ruhe betrachten.

Mir gegenüber sitzt eine alte Frau, aus dem Osten.

Sie wühlt in ihrer Tasche, sucht irgend etwas.

Draußen huscht die bundesdeutsche Realität vorbei.

Du hast ein interessantes Gesicht. Du bist vielleicht dreißig, Künstler, du weißt viel, hast schon viel erlebt.

Max Planck heißt der Zug und fährt nach München.

Die Oma fährt wohl nicht weit. Du hast viel Gepäck, vielleicht fährst du nach Italien? Ein Schlafsack in der Gepäckablage.

Manchmal schaust du zur anderen Seite, diese Augenblicke benutze ich, um dich genauer zu mustern.

Schlank, ein kleines bisschen Bauch.

Macht nichts.

Wenn ich wegschaue, schaust du her und betrachtest mich auch. Lange schlanke Beine habe ich, auf die ich stolz bin. Niedliche Schuhe, hab' ich mir in Hamburg gekauft. Immer wieder ertappe ich mich dabei, dass ich mit den Füßen wippe.

Irgendwo hab' ich gelesen, dass das unbewußtes Interesse signalisiert. Hoffentlich hast du das nicht auch gelesen und denkst, ich wäre an dir interessiert.

Die Oma hat ihre ganze Tasche ausgeleert, Mullbinden, Papier, ein Kamm, in Papier eingewickelt, ein Butterbrot.

Sie hat schon einen ganz roten Kopf.

»Suchen Sie etwas?«

Schöne tiefe Stimme.

»Ich habe meinen Schmuck verloren, das hat mir noch gefehlt! Das hat mir noch gefehlt!«

Du guckst die Oma an, hast Mitleid im Gesicht.

Jetzt kann ich dich in Ruhe betrachten.

»Und haben Sie schon mal in ihrem Necessaire dort nachgeschaut?«

Die Oma zieht in Seidenpapier eingewickelten Schmuck hervor und atmet hörbar aus.

»Danke junger Mann, bin ich dumm.«

Du lächelst sie an.

Die Oma redet und redet, erklärt, was sie mit dem Schmuck vorhat und warum sie ihn versteckt hat und wo sie hinfährt und seit wann ihr Mann tot ist und wo sie herkommt und überhaupt ihre ganze zweiundsiebzigjährige Lebensgeschichte.

Ihr Gesicht wird heller, die Röte verfliegt.

Du schaust sie an und lächelst und hörst ihr zu.

Ich lächle auch.

Mein Blick wandert von deinen dunklen Haaren über den Bart, deine Brust zu deinen Hüften und über die Oberschenkel zu deinen Füßen, den Turnschuhen.

Du wippst auch mit dem Fuß.

In Hannover steigt die Oma aus, du hilfst ihr in den Mantel, holst den abgewetzten, offensichtlich fast leeren Plastikkoffer aus der Ablage, öffnest ihr die Tür.

Du bist ein Mann, der sich bewegen kann. Graziös, im Stehen ist der Bauch fast weg. Der Zug fährt weiter, du schaust mich an, ich schaue zurück, aber nur kurz.

Aus deinen Augen kommt ein glitzerndes Licht, das in mich eindringt und das ich wie eine Bewegung in der Wirbelsäule zu spüren glaube.

Ich fühle meinen Körper, das Blut, das Jetzt.

Du schließt die Augen, wirst schläfrig.

Dann stehst du auf, lachst mich an, du sagst:»Ich hoffe, es stört Sie nicht!«

Und du ziehst die Polster auseinander, faltest deine Jacke zu einem Kopfkissen und legst dich lang. Keine Unsicherheit, kein Zögern, fließende Bewegungen, auch im Kampf mit der Materie.

Nein, es stört mich nicht. Jetzt kann ich deinen Körper mit meinen Blicken streicheln. Wie eine faule Katze streckst du dich, klemmst dir einen Arm unter den Kopf und den anderen unter die Hüfte und atmest tief und langsam.

Manchmal öffnen sich deine Augen halb, dann begegnen sich unsere Blicke wieder für einen Moment.

Ich denke an meine Katze. Wenn sie sich so langgestreckt auf den Boden legt, vor mich hin, dann will sie gestreichelt werden.

Von der Kehle bis zum Schwanz. An der Brust, an der weichen Haut zwischen den Schenkeln.

An den Beinen. Zwischen den Zehen.

Du stöhnst. Wie eine Katze, die schnurrt.

Der Schaffner reißt die Tür auf.

Personalwechsel. Du grummelst, hast sofort dein Ticket bereit, öffnest kaum die Augen.

Du bist ein cooler Typ.

Du ziehst die Vorhänge zu, als der Schaffner weg ist, lächelst wieder, liegst wieder.

Ich bin auch müde. Könnte ich auch? Warum nicht?

»Ich hoffe, Sie haben auch nichts dagegen?«

»Mhm!«

Die Polster knallen, rasten ein, stoßen jetzt zusammen.

Oh, das wollte ich nicht! Aber sie gehen auch nicht mehr hoch. Nur am Fenster bleibt ein Spalt, weil ich da stehe.

Na gut! Ich strecke mich aus, berühre dich versehentlich.

»Entschuldigung!«

»Mhm!«

Ein cooler Typ, wirklich.

Ich starre an die Decke, unter dem weißen Plastik der Lampe brennt ein gelbes kleines Licht.

Hab' ich vorher gar nicht bemerkt.

Das Abteilfenster ist zum Fernseher geworden, typischer Pausenfilm.

Bäume, Berge, Abhänge, Masten, blauer Himmel, ein Tunnel, ein Abhang, Bäume, Bäume.

Ich werde auch schläfrig.

Ich muss eine Weile eingeschlafen sein, denn plötzlich ist eine seidenweiche leichte Decke über mich gebreitet, über uns.

Ich muss träumen, das kann doch nicht sein! Doch, das ist der Schlafsack! Ich drehe mich zur Seite – und schaue in deine Augen! Große, braune, tiefe, dunkle Augen.

Das ist der Blick, vor dem ich immer Angst habe, das ist der Blick, den ich vermeiden möchte. Dieser Blick entdeckt Dinge in mir, die ich nicht mal selber sehen will.

Aber ich kann jetzt nicht mehr zurück, ich lasse ihn ein, soll er mich sehen, soll er alles sehen. Soll er sehen, dass ich eine Frau bin, die lieben will, wild, leidenschaftlich, alles vergessend.

Soll er sehen, dass ich genommen werden will, ausgefüllt, gestreichelt und geküsst, dass ich atmen will, leben will, mit dir, mit dir.

Dass ich mich spüren will, mich ausdehnen will, einssein will.

Deine Hand berührt meine Hand, da ist ein Strom, eine Wärme.

Unsere Hände passen zusammen, wie Zwillinge.

Ist mir vorhin schon aufgefallen, dass da eine Ähnlichkeit ist.

Sie haben auch den gleichen Feuchtigkeitsgrad, die gleiche Wärme.

Jetzt wandert deine Hand an meinem Arm hoch, da ist die Stelle, die mich immer so kitzelt und gleichzeitig wild macht. Die weiche warme Stelle am Oberarm, fast an der Achsel.

Dein Finger streichelt meine Haut, schmiegt sich zwischen Ärmel und Arm, macht meiner Brust Lust auf mehr.

Wenn jetzt ein Schaffner käme, ein Fahrgast...

Dunkel erinnere ich mich an den »Zugbegleiter« –
bis zur nächsten Station dauert es etwa eine Stunde.
Eigentlich wollte ich in den Buffetwagen, einen
Kaffee trinken.

»Eigentlich wollte ich jetzt einen Kaffee trinken!«
Deine Hand streichelt über mein Gesicht, ganz zart,
deine Finger berühren meine Lippen, ein Finger wandert in meinen Mund. Reflexartig fange ich an zu
saugen.

Als kleines Mädchen dachte ich, dass aus meinem
Daumen eine Flüssigkeit kommt, und jetzt fühlt es sich
wieder so an.

Man braucht keinen Kaffee.

Du rückst näher, umarmst mich, presst dich ganz fest
an mich. Ein heißer, heller Fleck breitet sich auf meiner
Brust aus, eine lichte Pfütze, mein Herz beginnt wie irre
zu klopfen. Und wieder erinnere ich mich an meine
Kindheit. Dasselbe Gefühl hatte ich, wenn meine Mutter
mich an sich drückte.

Ein heißes Gefühl, das sich ausweitete, vom Zentrum
des Herzens aus, nach außen, bis in die Fingerspitzen,
die dann zu prickeln anfingen.

So wie jetzt.

Mein Unterleib berührt deinen Unterleib, aber da ist
noch kein Gefühl, eher eine Kälte.

»Ejakulat!«

Plötzlich kommt mir dieses Wort in den Sinn, ich
weiß nicht woher.

Ein unangenehmes Wort.

Aber ich bekomme Lust, eine unglaubliche Lust.

»Ejakulat!«

Ich höre gleichzeitig zwei Stimmen in meinem Kopf: Die eine sagt:»das ist schmutzig, das darfst du nicht, ein Mädchen denkt nicht an so etwas«, und die andere:»ich will es sehen, es ist schön, es ist heilig, es ist Leben.«
Ich bin innerlich zerrissen, wie gelähmt durch die widerstreitenden Gefühle.

Ich möchte sehen, wie ein Mann spritzt! Die Worte formen sich in meinem Kopf, ohne mein Zutun, ohne dass ich es will.
Und ich schäme mich und ich spüre gleichzeitig diese Lust.
Ich wollte es schon immer sehen.
Schon als kleines Mädchen. Oft habe ich Männern beim Pinkeln zugesehen, ohne dass sie es merkten. Sie schienen dabei an etwas Anderes zu denken, sie schauten immer in die Ferne mit diesem leeren Blick, wie Babys, wenn sie in die Windeln machen.

Aber ich wollte Lust sehen, auf ihren Gesichtern.
Meine Freundinnen erzählten mir, wie sie es bei den kleinen Jungen auf der Toilette machten, da war einer, der wurde ganz wild, der ging jeden Tag mit einer Anderen dorthin.

Ich hab' mich nie getraut, aber ich stellte es mir ganz genau vor: Der Pimmel war in meiner Vorstellung etwas ungeheuer Geheimnisvolles, erinnerte mich an das Melken auf dem Bauernhof, bei dem ich auch fasziniert zugeschaut hatte.

Ich träumte von Schwänzen, die so groß waren, wie die Schwänze der Pferde, die ja auch so aussahen wie Männerpimmel.

Ich träumte davon, sie anzufassen, an ihnen zu saugen. Und mit diesem Mann hier, den ich nicht kannte, und den ich vielleicht nie wiedersehen würde, könnte ich jetzt endlich diesen alten Traum verwirklichen; warum nicht? Ich fummle an seiner Hose, sie spannt und es gelingt mir kaum, das harte Glied herauszuholen.

Mein Herz klopft wild, das Gefühl im Hals zwischen Angst und Lust.

Ich hab' ihn in der Hand und er ist ganz feucht und glitschig. Warm und fremd und doch vertraut.

Ich spiele damit, du stöhnst leise in mein Ohr.

Jetzt will ich ihn sehen, ich lüfte den Schlafsack, stecke meinen Kopf drunter, im Dämmerlicht ist es warm und da ist meine zarte Hand mit diesem großen fremden Ding, das mich so fasziniert.

Ich mache die Bewegung, von der ich glaube, dass die Männer es tun, wenn sie sich selbst befriedigen.

Die Vorhaut schiebt sich vor und zurück und ich denke, dass ein Schwanz viel komplizierter gebaut ist, als ich glaubte.

Plötzlich bekomme ich Angst. Vorhin noch saßen wir ganz normal in diesem Zugabteil, jetzt bin ich in einer Situation, die, wenn man sie mir beschrieben hätte, unmöglich hätte meine Situation sein können.

Ich bewege meine Hand stärker, fange an zu zittern, du bewegst dein Becken, brummst und zitterst auch ein bisschen.

Ich schaue auf dein Gesicht, da ist eine unglaubliche Offenheit und Schönheit, deine Augen sind groß und dunkel, dein Mund ist geöffnet und du atmest schneller.

Du fasst mich nicht an, hast vielmehr die Arme überm Kopf abgewinkelt, wie ein Baby auf dem Wickeltisch. Du genießt es offensichtlich.

Ich schaue mir wieder deinen Schwanz an, ich möchte, dass es jetzt passiert, dass du spritzt. Ich sage es:»Spritz, spritz!«

»Ja, ja.«

Du bäumst dich auf, der Schlafsack ist zur Seite gerutscht, und ich erschrecke über das, was jetzt kommt.

Du schreist laut, und schüttelst dich, zuckst, dein ganzer Körper krampft sich zusammen, und du spritzt rhythmische, dicke, weiße Strahlen. Ich halte meine andere Hand davor, die Strahlen sind richtig hart, es fühlt sich gut an in der Hand.

Der Zug hält. Ich bin erschrocken über die Gewalt deines Orgasmus, ich glaube ihn fast auch in meinem Körper miterlebt zu haben. Ich bin ganz fahrig und zittrig und verwirrt.

Ich höre, wie Leute einsteigen und die Ansage und die Geräusche des Bahnhofs.

Schnell decke ich den Schlafsack wieder über uns.

Du hast die Augen geschlossen, atmest jetzt ruhiger. Langsam beruhige ich mich, es stört mich nicht, dass jetzt jemand die Abteiltür öffnet und gleich wieder zumacht.

Ist mir egal, was die Leute denken.

Erst jetzt merke ich, wie sehr es mich erregt hat, wie sich mein Körper sehnt nach Vereinigung. Der Zug rollt, ich spüre unter uns die Schienen, die Räder, die Schwellen.

Ich drehe mich zur Seite, dränge meinen Hintern an deinen Körper, du drehst dich auch zur Seite, wir liegen wie Löffelchen, ich spüre deinen Schwanz, der schon wieder oder noch hart ist.

Ich ziehe meine Hose herunter, den Slip, spüre deinen Schwanz an meinem Hintern.

Du bewegst dich nicht.

Und doch scheint sich etwas langsam zu bewegen. Ich empfinde Wärme, Glück, Geborgenheit, mein Denken hat schon eine ganze Weile aufgehört. Wenn ich denken würde, müsste ich flüchten.

Aber ich will nicht denken.

Ich empfinde meine Möse wie einen Trichter, der deinen Pimmel einsaugt, ohne dass wir uns bewegen, dringt er in mich ein, füllt mich vollständig aus.

Man müsste immer so liegen.

Plötzlich stößt du in mich, in einer heftigen Bewegung, ich stöhne und nehme die Bewegung auf.

Pause. Mein Herz klopft.

Meine Möse zieht sich zusammen, da ist wieder dieser Stoß. Es fühlt sich ganz anders an, als das übliche Gebumse mit meinem Freund.

Pause.

Wieder das Zusammenziehen, wieder der Stoß. Es passiert in immer kürzeren Abständen.

Draußen huscht die Landschaft vorbei, eine Fabrik, ein Fluss, ein Gegenzug.

***

Mein Schwanz droht die Hose zu sprengen.

Da hat sie gesessen und ich habe etwas unglaublich Schönes versäumt.

In diesem Abteil hat eine Frau gesessen, die mit mir telepathisch verbunden war, wie es mir in meinem ganzen Leben noch nicht passiert ist. Denn ich habe fast die gleiche Geschichte phantasiert, während sie eifrig in ihr kleines Schulheft schrieb.

Jetzt weiß ich auch, warum sie die ganze Zeit einen roten Kopf hatte, weshalb sie mir diese Blicke zuwarf.

Ich Idiot! Ich hätte vertrauen sollen, ich hätte wissen sollen, dass wir alle miteinander verbunden sind, dass wir eins sein müssen.

Ich hätte es mit ihr tun sollen – oder nicht? Vielleicht war es ihr nur schreibend, phantasierend möglich, sich zu überwinden? Und dann war sie hastig aufgestanden, und hatte ihre Sachen zusammengerafft und war ausgestiegen.

Und hat dieses Heft liegengelassen. Mit Absicht? Ich blättere fieberhaft, suche nach einem Hinweis, einer Adresse, vergeblich.

Jetzt ist sie bereit, es mit einem Anderen wirklich zu tun.

In München steige ich aus.

Veröffentlicht im „Lesebuch für Tag und Nacht" (1994).
ISBN: 3-88081-322-1

163

7. Autobiografisches

Himmelsfenster

Auf der Autobahn, das Handy klingelt. Katharina. Ich stöpsele mir den Hörer ins Ohr. Unsere Tochter will ihr Studium aufgeben, stattdessen als Tätowiererin arbeiten. Ihr Freund ist auch Tätowierer, er hat ihr eine Marilyn Monroe auf den Oberschenkel tätowiert. Sie will sich nach und nach den ganzen Körper tätowieren lassen. Von diesem unreifen, jungen Kerl. Ich habe keine Idee, was man da machen kann. Unsere Tochter ist volljährig. Zwei Kampfhunde besitzt er auch. Nachdem Katharina sich ausgequatscht und ausgeweint hat und ich vergeblich versucht habe, sie zu beruhigen, legt sie auf. Nach einer Zeit nehme ich wieder wahr, wo ich mich befinde.

Beim Autofahren lässt sich die Natur der Wahrnehmung bestens studieren. Du sitzt in deinem Wagen, die Hände am Lenkrad, groß sind sie und hoffentlich gepflegt und rechts und links rast es vorbei, das Leben, nach hinten weg, zu einem Punkt schrumpfend – das sieht man im Rückspiegel – und von vorne kommt das Unbekannte, aus dem Horizont wachsend, größer werdend, dich umhüllend wie ein dünner Schlauch, auf den bewegte Bilder projiziert werden. Doch ehe du es recht genießen kannst, ist alles vorbeigehuscht, um im hinteren Nirgendwo, der Vergangenheit, zu verschwinden.

Deine Hände sind immer groß, immer gleich groß – die Hände der Anderen werden nur groß, wenn sie dir nahe sind, doch meist sind sie winzig oder eher unsichtbar – wie der ganze übrige Mensch, der oft nur in deinen Gedanken oder als Stimme in deinem Handy existiert.

Das Leben rast vorbei, im Alltag vielleicht nicht ganz so schnell wie im Auto, aber das Prinzip ist das gleiche. Die Strecken sind bekannt, dein innerer Navi führt dich über bekannte Straßen zu einer überschaubaren Anzahl von Zielen.

Nur manchmal zeigen sich Öffnungen an der Seite, Gelegenheiten, Fenster, durch die du auf Dinge schauen kannst, die du vielleicht noch nie gesehen oder gefühlt hast: ferne Länder, seltsame Tätigkeiten, nie gemachte Erfahrungen. Bist du Voyeur oder magst du durch ein solches Fenster springen? Diesen Menschen ansprechen, jene Reise buchen, eine verwunschene Abzweigung nehmen? Wird das wehtun, wird etwas splittern? Was ist auf der anderen Seite? Geht's da tief runter oder steigst du nur über eine Art Balustrade?

Die Zeit ist begrenzt, der Timer läuft, das Fenster wird sich hinter dir perspektivisch verzerren, bedeutungslos werden – nicht mal eine Erinnerung wird bleiben.

Gelegenheiten kann man leicht verpassen.

In der lauen Nacht – damals – hatte es ein rauschendes Fest gegeben, meine Vermieterin Lizzy war eingeladen, warum, weiß ich nicht mehr, denn sie fügte sich nicht so recht in diese erlauchte Gesellschaft. Ich hatte einen Rundgang mit ihr gemacht über das weitläufige Parkgelände, sie konnte sich nicht beruhigen über den Luxus, den Reichtum. »Ich würde hier ficken«, stieß sie immer wieder halblaut hervor, wobei sie das »e« mit ihrer trunkenen, rauchigen Stimme gossensprachlich dehnte: »Fickäään würde ich hier, ohne Ende! Fickäään!«

Ich schaute mich mehrmals um, hoffte, dass niemand uns hörte, war sicherlich selbst ziemlich betrunken, wusste aber immer noch, wie man sich unter Millionären und Prominenten zu benehmen hat.

Am nächsten Mittag liege ich auf einer Decke in der Sonne, unterm Machandelbaum, nackt. Die Party summt noch immer in meinem Kopf, absichtlich oder unabsichtlich fallengelassene Reste sind auf dem Rasen verstreut. In einiger Entfernung ein Haufen noch warmer Asche, wo sich das Spanferkel der Nacht überm Feuer drehte. Der Herr des Hauses war abgefahren, noch während der Party, hatte mich engagiert, um aufzuräumen, doch in meinem Kopf liegt eine Billardkugel und ich muss aufpassen, dass sie mir nicht von innen gegen die Schädeldecke knallt.

Der Himmel ist blau, die Sonne warm, aber nicht zu heiß. Katharina kommt. Ich mag nicht sprechen. Plötzlich habe ich wieder Lizzys Stimme der Nacht im Ohr: »Fickäään würde ich hier! Fickäään!«

Das Fenster. Ich ziehe Katharina zu mir runter, auf die Decke, reiße ihr die Kleider vom weißen Leib, sie wehrt sich nicht, ohne nachzudenken stoße ich in sie rein, alle Vorsicht fahren lassend, alle Zärtlichkeit vergessend, wild, animalisch. Sie genießt es, sitzt auf mir und reitet. Meine großen, haarigen Hände auf ihrem glatten Busen. Schneller und schneller. Atmen, nicht denken. Dann ein Blitz aus heiterem, blauen Himmel. Ein Blitz, so weiß, dass nicht nur der Himmel, sondern auch die Zweige und Blätter über mir zu leuchten beginnen. Nur noch weißglühendes Lodern. Dann Nachbilder, die ihre Farbe psychedelisch ändern. Wir sind außer Atem. Die Kugel in meinem Kopf ist jetzt aus Styropor.

»Hast du das auch gespürt?«, frage ich.

»Ja.«

»Ein Blitz! Eine Explosion! Strahlende Helligkeit! Gleißendes Licht!«

»Als wenn sich ein Fenster über uns geöffnet hätte,« antwortet Katharina.

Dass es auch über uns Öffnungen gab, durch die etwas auf uns herabstrahlen konnte, daran hatte ich nicht gedacht. Und erst recht hatte ich nicht vermutet, dass da jemand in meine Welt einzudringen vermochte, ohne Vorwarnung, ohne Einladung.

Aus meiner Sicht war ich derjenige, der gesprungen war, ohne Nachdenken. Gesprungen in ein anderes Universum. Von unbeschwerten Fahrten ins Grüne, Museumsbesuchen, gemütlichen Kuschelnachmittagen in den Stress, eine Wohnung zu suchen, eine Wickelkommode zu kaufen, Ultraschallbilder zu interpretieren.

Und dann die Freuden der Elternschaft.

Freuden? Na ja, eher ein neuer Schlauch mit neuen Rückprojektionen: vollgeschissene Windeln, Arztbesuche, Schulaufgaben, eine Schildkröte als Hausgenosse, Abitur, Studium der Betriebswirtschaft.

Katharina sah es weiterhin so: Unsere Tochter war aus einem Fenster im Himmel in uns gefahren, gegen unseren Willen, aber dennoch willkommen geheißen.

Egal. Inzwischen ist das Kind selbst so weit. Hat es die huschenden Fenster auch bemerkt? Ist gar schon gesprungen durch eines davon? Und wird sich für sie, die Erwachsene, auch bald ein Himmelsfenster öffnen? Oder beides?

Alt geworden, warte ich. Schaue meist in den Rückspiegel. Und hoffe wieder auf einen gelegentlichen Blick durch vorbeiziehende Öffnungen, vielleicht gar mit einer kleinen Leiter zum Hinübersteigen in ein anderes Universum.

Auf der Nase getanzt

Graciela kam nicht zurück vom Kacken. »Gekackt wird um elf. Was das heißt? Siehst du, dort steht der Wagen, wo seine Scheinwerfer hinzeigen, das ist zwölf Uhr. Nun gehst du in Richtung elf Uhr, bis du uns hinter der Düne nicht mehr siehst. Denk dran, wenn du Papier benutzt und keinen Sand, dass du das Papier verbrennen musst. Sonst bleibt der Zellstoff im Wüstensand. Deine Kacke löst sich auf, schneller, als du denkst, aber das Klopapier bleibt ewig.«

Graciela war ohne Klopapier, ohne Kompass, ohne Streichhölzer, ohne Wasser losgelaufen. Ihre Spuren verloren sich im Sand.

Wir hatten gefrühstückt, sie war in Richtung elf Uhr verschwunden und nicht zurückgekommen und uns war das zunächst entgangen. Vielleicht hatte sie sich ja in ihr Zelt gelegt? Sie hatte sich krank gefühlt die letzten Tage. Oder sie war schlecht drauf, das hatten wir gemerkt. Außer ihrem Freund, auch ein Betreuer, war ihre Abwesenheit niemandem aufgefallen.

Ich bin mit diesen Leuten in die Wüste gefahren, um zu recherchieren. Der Hintergrund war der Folgende: Ich hatte begonnen, ein Theaterstück über Selbstmörder zu schreiben, über eine Gruppe von Selbstmördern, die aber alle keine waren, sondern Leute, die über eine Internetgruppe von Selbstmördern schreiben wollten. Das verheimlichten sie, weil sie sonst nicht in die Gruppe aufgenommen worden wären. Die Idee zu diesem Theaterstück war vielleicht saublöd, aber wenn sich bei mir so eine Idee ins Gehirn eingenistet hat, muss ich sie zwanghaft weiterverfolgen. Also wo sollten diese vorgeblichen Selbstmörder sich treffen? Wie sollte das Bühnenbild aussehen? Spielte das auf dem Dach eines Hochhauses? Oder im Himalaya? Auf einer einsamen Insel? In einem Boot auf dem Meer? Wo konnte man sich wohl am besten umbringen? Mir fiel ein, dass ich jemanden kannte, der regelmäßig Reisegruppen in die Sahara begleitete. Ich rief ihn an und wenige Tage später war ich mitten in der Wüste. Mit einer Gruppe von Leuten, die das Leben suchten und nicht den Tod. Wer hätte geahnt, dass Graciela, eine der Betreuerinnen, die mein Bekannter engagiert hatte, eine potentielle Selbstmörderin war?

Am Abend diskutierte die Reisegruppe, was man unternehmen solle. Denn es wurde dunkel. Wenn du allein in der Wüste bist und du hast keine Streichhölzer dabei und hast kein Holz gesammelt, dann kannst du kein Feuer machen und wirst demzufolge nicht gesehen. Wo soll man dich suchen? Im Umkreis von dreißig Kilometern nur Dünen aus Sand. Gracielas Freund wurde unruhig, denn er wusste, dass sie nichts bei sich trug außer einem dünnen Hemd und einer Sommerhose, obwohl es Winter war. Heiß am Tage, aber nachts empfindlich kalt. Keine Streichhölzer, kein Wasser, kein Kompass.

Ich stieg auf das Dach des Wüstenautos und suchte mit dem Feldstecher den Horizont ab. Auf einem Berg in der Ferne flackerte ein rotes Licht.

»Ich sehe Feuer!«

»Das ist die Venus«, sagte der Beduine, »bevor die untergeht, flackert sie rötlich.«

»Und der Berg direkt darunter?«

»Wir nennen ihn wegen seiner Form die Nase.«

»Für mich brennt auf der Nase ein Feuer!«

»Es ist die untergehende Venus!«

Mitten in der Nacht wachte ich auf. Mein Schlafsack war mit einer dünnen Eisschicht überzogen, über mir leuchtete kalt der Sternenhimmel. Nicht zum ersten Mal bedauerte ich, dass ich nicht noch andere Sternbilder zu identifizieren vermochte, als den großen und kleinen Wagen und den Orion. Und den Polarstern, genau über mir. Ab und zu eine Sternschnuppe. Sollte ich mir was wünschen? Kinderkram. Dann fiel mir die verschwundene Graciela ein. Was denkt sich dieser Reiseleiter? Was denkt sich ihr Freund? Was denken sich die anderen Teilnehmer? Ich zitterte plötzlich am ganzen Körper. Morgen gehe ich los. Ich werde die Piste finden, ich trampe zur nächsten Oase mit Handy-Funkmast. Ich rufe den deutschen Botschafter an, man wird Hubschrauber schicken. Da, wieder eine Sternschnuppe. Ich schwör's – ich werde losmarschieren. Wieso bin ich da nicht früher draufgekommen? Wieso habe ich nicht gestern darauf bestanden, dass etwas geschehen muss? Gestern war noch Zeit, jetzt ist sie vielleicht schon tot. Stattdessen habe ich mich schlafengelegt.

Dann fällt mir ein, dass der Beduine und Gracielas Freund auf seinem vierrädrigen Motorrad losgedüst sind, nachts um zehn. Zu spät? Wo sind die hin? Haben sie sie gefunden? Wenn sie sie gefunden hätten, wären sie doch bestimmt mit Trara zurückgekommen und die Gruppe hätte sie begrüßt. Davon wäre ich doch sicher aufgewacht! Ich werde morgen versuchen, die Sache zu regeln, auf meine Weise. Das wird einen Skandal geben. »Deutscher Reiseleiter lässt Touristin in der Wüste verdursten – ein Mitglied der Reisegruppe rettet sie.« Am nächsten Morgen.

Der Assistent des Reiseleiters spielt vor Sonnenaufgang auf seiner Flöte, um die Gruppe zu wecken. Ich pisse gegen einen Strauch, der freut sich über das unerwartete Nass. Dann gehe ich zum Assistenten. Was ist mit Graciela?

»Die ist wieder da«.

»Was? Und ihr habt das nicht gefeiert?«

»Nee. Es war spät«.

»Wo habt ihr sie gefunden?«

»Auf dem Berg, auf der Nase«.

Ich habe nie rausgekriegt, woher ihr Freund und der Beduine gewusst hatten, dass sie dort zu finden war. Am nächsten Abend sah ich wieder die Venus, wie sie langsam auf die Nase sank und rötlich und glutrot wurde und flackernd verglühte.

Graciela raste zwei Tage später mit dem Motorrad wie eine Verrückte eine Düne runter und brach sich die Hand. Da schickte der Reiseleiter sie endlich nach Hause. »Jetzt kann die blöde Kuh uns nicht mehr auf der Nase rumtanzen«, meinte ein Mitglied der Reisegesellschaft.

175

Abschied

Lieber Frank,

erinnerst du dich an die Zeit, als wir auf Drücker-Tour gingen und einen Haufen Geld verdienten? Damals hast du mir das Pokern beigebracht und nach wenigen Tagen war ich süchtig. Nie werde ich die erste Nacht vergessen, in der wir bis zum Morgengrauen spielten: Wir rauchten furchtbar viel, tranken jede Menge Bier und Apfelwein, ohne betrunken zu werden und müde wurden wir auch nicht. Nicht der Hauch von Müdigkeit – im Gegenteil, wir fühlten uns wacher und wacher. Das Zocken wirkte auf mich wie ein Aufputschmittel, ich war Hauptdarsteller in einem tollen Film, meine Sinne schärften sich, ich nahm überdeutlich alles wahr, was uns und unser Spiel betraf, und blendete aus, was nicht zu diesem Spiel gehörte: andere Menschen, die Zukunft, die Probleme der Welt.

Noch heute, nach fast fünfzig Jahren, sehe ich vor meinem inneren Auge dein Grinsen, das mich damals schon an Jack Nicholson erinnerte, unseren Tisch, das Licht, die grüne Tischdecke, die Schirmmützen, die Sonnenbrillen, die Haufen von Geldscheinen, genau wie man das aus dem Kino kennt ... Sag mal, hat sich die Wirtin unserer Stammkneipe eigentlich strafbar gemacht, wenn wir uns im Hinterzimmer die Nacht um die Ohren hauten?

Na ja, was ich sagen will – ich habe damals kapiert, was es bedeutet, hundertprozentig im Hier und Jetzt zu sein, alles dumme Zeug auszublenden und sich nur auf eine Sache zu konzentrieren. Man könnte das ja theoretisch immer haben, denke ich, aber nur beim Spielen geht es ja um etwas wirklich Wichtiges, etwas, das über dein Leben, deine Stellung in der Gesellschaft entscheidet, um das Wichtigste im Leben überhaupt – vielleicht außer der Liebe – um Geld. Viel Geld.

Ich entdeckte an jenen Abenden meine Liebe zum Geld.

Einmal, als ich gewonnen hatte, warf ich zu Hause den dicken Stapel Scheine in die Luft und ich werde nie das Gesicht meiner damaligen Freundin vergessen, die schon zu einer Schimpftirade ansetzte, nachdem sie die ganze Nacht auf mich gewartet hatte, als die Scheinchen auf sie herunterregneten und das Bett und den Teppich bedeckten. Ein Fünfziger hat übrigens danach gefehlt und ist nie wieder aufgetaucht, noch Jahre später – immer wenn wir blank waren – haben wir danach gesucht. Da muss der Teufel seine Prozente abkassiert haben. Jedenfalls, bevor wir das Geld wieder einsammelten, hatten wir Sex zwischen den knisternden Hundertern, und Belinda hat noch ziemlich lange bei ihren Freundinnen damit angegeben, was ich doch für ein toller Typ sei. Eben ein Typ wie aus der Art Film, die wir damals liebten. Easy Rider und so.

Belinda ist übrigens vor zwanzig Jahren abgekratzt, aber das weißt du ja, denke ich. Ich sag's nur, falls dein Gedächtnis ebenso schlecht geworden ist, wie meines.

Tja, die letzten zwanzig oder dreißig Jahre sind für mich wie in einem undurchdringlichen Nebel entschwunden, wohingegen mir unsere Pokerzeit leuchtend, wie mit dem Skalpell ausgestanzt vor Augen steht.

Sogar an die Gerüche kann ich mich erinnern: deine Gitanes, meine Roth-Händle, Woodys Zigarillos ... Komisch, heute reagiere ich allergisch auf Zigarettenrauch, aber damals roch das wirklich nach Freiheit und Abenteuer. Heute könntest du mich jagen mit Kneipendunst und Zigarrenqualm, aber zu jener Zeit war es das Paradies. Wie konnte das sein?

Unsere Wirtin Susanne hat mich irgendwann einmal drauf aufmerksam gemacht, dass ich an bestimmten Tagen schon nach einer Stunde über den Rauch meckere, dass ich aber an manchen Abenden von sieben bis halb zwei überhaupt nichts davon merke. »Und was sind das für Abende?«, fragte ich sie und sie antwortete: »Wenn eine nette Frau neben dir an der Bar sitzt und du dich langsam verliebst und hoffst, sie abzuschleppen.«

Natürlich hatte sie recht. Denn das war ja exakt das Geheimnis des Spielens gewesen – die Zeit verging genau so intensiv, als ob man sich gerade verlieben würde. Selbst das Pissenmüssen konnte man vergessen und nicht nur einmal hatte ich es im letzten Moment gerade noch aufs Klo geschafft. Ganz zu schweigen von Schmerzen, Enttäuschungen, Probleme mit den Eltern und so weiter – nichts davon war wichtig oder wurde auch nur bemerkt, so lange wir spielten.

Das Gewinnen war offensichtlich nicht das Wichtigste, ja, ich muss gestehen, dass der allergeilste Morgen, an den ich mich erinnere, jener war, an dem ich ohne eine müde Mark nach Hause ging. Wir hatten vier Wochen geackert wie die Verrückten, hatten im ganzen Land Zeitschriften-Abos verkauft und kamen mit viertausend Mark – was in den Sechzigern eine

Menge Geld war – nach Hause, und in der selben Nacht habe ich alles verzockt bis auf den letzten Pfennig. Und was dann geschah, erschien mir wie ein Wunder: Ich lachte wie der lachende Buddha auf der Kommode meiner Patentante Lotti – ein Rauchverzehrer aus Porzellan – und ich fühlte mich unglaublich frei und leicht und tanzte auf dem Heimweg. Und ich werde nie vergessen, wie die doofe Nachbarin guckte, als ich hüpfend im leuchtenden Sonnenlicht im Hausflur auftauchte und ihr sagte, wie blendend sie aussähe.

An diesem Morgen habe ich verstanden, wie glücklich es macht, wenn man nichts mehr hat, wenn alles weg ist. Das ist Freiheit. Ich danke dir von ganzem Herzen für diese Erfahrung.

Dein Moritz

PS: Ach so, jetzt habe ich fast das Wichtigste vergessen: Wegen meiner vielen Schulden bei dir möchte ich dir mein Auto vermachen. Die Abgase wird man hoffentlich nicht mehr riechen, und dass ich darin die absolute Freiheit gefunden habe, stört dich sicher auch nicht. Übrigens ist dieser Brief auch ein Beweis dafür, dass kein Fremdverschulden vorliegt, falls das bei Polizei oder Justiz ein Thema werden sollte, was ich aber nicht glaube.

Dieser Text erschien in der Anthologie des Arbeitskreises gegen Spielsucht „Bunte Lichter - dunkle Schatten - Glücksspiel - Faszination und Abgrund"
ISBN-13: 978-3-86685-389-8

Brief an meine Mutter

Im Jahre 1995 rief man mich aus München nach Wiesbaden ans Sterbebett meiner Mutter, die an Polyarthritis, Osteoporose, Herz- Lungenproblemen und einem akuten blutenden Zwölffingerdarmgeschwür litt. Es war die Zeit kurz vor der Buchmesse und der Kalender mit ihren Bildern und dem Titel »Zeit zum Leben« (!) erschien an diesem Tag.

Als ihre Verlegerin an ihrem Krankenbett saß und sie ihre Malereien gedruckt sah, erholte sie sich wieder (die Ärzte sprachen von einem Wunder) und wurde drei Wochen später aus dem Krankenhaus entlassen. Obwohl unser Verhältnis nie sonderlich gut gewesen war, bot ich ihr an, einen Versuch zu wagen und sie zu Hause weiter zu pflegen, während ich gleichzeitig an der Entwicklung meines spirituellen Multimedia-Projekts »MagicWorks« arbeitete. Daraus wurde ein wunderbares, sehr wichtiges Jahr, in dem ich einen bisher fast unbekannten Menschen kennen und lieben lernte, ein Jahr, in dem ich nicht ein einziges Mal krank wurde, mich mehr geborgen, gebraucht und geliebt fühlte, als je mit einer Frau. Wir führten fast so etwas wie eine seltsame Ehe.

Dann starb sie und ich schrieb ihr den folgenden Brief:

Ich schlendere, ich gleite, ja, ich schwimme, dicht über dem Grund dieses Meeres aus Luft. Die kleinen Rosen dort, blühten sie seit Tagen schon? Und die

Häuser, so hell, sind sie frisch gekalkt? Standen dort Gerüste in der letzten Zeit, von mir unbemerkt, waren dort Handwerker beschäftigt, die diese doch so hässlichen Missgeburten der fünfziger Jahre wieder auf Vordermann brachten? Hier wuchs ich auf und hier ging ich seit fast einem Jahr wieder, an vielen Tagen, unbewusst, in Träumen versunken.

Vierundzwanzig Stunden ist es nun her.

Jetzt gehe ich an schöneren Häusern aus der Jugendstil-Zeit vorbei, dies war mein Weg zum sonntäglichen Gottesdienst. Eine Gegend für Studenten, junge Paare, Linke, Literaten.

Ein alternativ wirkendes Café, draußen stehen Stühle. Plötzlich sieht es so einladend aus, die Stimme in mir sagt:»Setz Dich doch, ruh Dich aus, hast es verdient.«

Einfach nur dasitzen und in die Luft schauen, nach den Mädels, nach den Hunden der alten Frauen, nach den Katzen! Lausche auf die Gespräche, denke nicht, streck Dich, genieße die Sonne, die Dir plötzlich auf den Pelz scheint, im wahrsten Sinne des Wortes, so dass Du ihn ausziehst. Ein junges Mädchen lächelt mich an, das gab es schon lange nicht mehr!

Mutter ich danke Dir, ich danke Dir!

Sicher allzuviel ist geschrieben über das Gefühl des Endgültigen, dass Du nie nie wieder da sein wirst, dort liegen wirst, ich mit Dir sprechen kann. Und dennoch: Es ist ein wichtiges, ein einmaliges, ein unendlich schmerzendes Gefühl. Man kann es wohl betäuben mit Gedanken, mit Träumen, mit Schreiben(!), durch Hören der Tonbänder mit Deiner Stimme, auf denen Du so unendlich wenig und doch so unendlich viel sagst: »Versuche nicht die Welt zu ändern, ändere Dich selbst – das ist für viele zu stark. Es genügt zu sagen: ändere Deinen Blickwinkel, schau mal alles mit anderen Augen an. Wenn ich etwas mit anderen Augen sehe, ändert es sich auch schon, ich brauche mich gar nicht selbst ändern.«

Und: »Es war trotz allem ein schöner Tag, und wenn es heute gut war, war es auch gestern gut und ist auch morgen gut.«

Der Dreizehnte war Dein letzter Tag in diesem Leben und Du hast so ordentlich alles abgeschlossen. Sogar Dein letzter Lotto-Dauerschein endet heute.

Liebste, das obige habe ich geschrieben, kurz danach, als plötzliche Trauer (als ich z. B. die Strohhalme sah, die Du zuletzt zum Trinken benutzen musstest – solche banalen Sachen) mit überschäumender, transzendenter Freude abwechselten (z. B. auf der Autobahn, als ich Enya hörte. Diese Musik ist für mich das perfekte Symbol für das Weibliche in all seinen Aspekten.

Als ich Deine alten Ehebetten zersägte und aus Deinem mühsam zusammengesparten Schleiflack-Schlafzimmer ein kleines Tonstudio zimmerte, wuchsest Du über Dich selbst hinaus. Mir ist jetzt, als hättest Du da begonnen, Dich Stück für Stück von der Materie zu lösen. Später hast Du an kaum mehr als einem Paar »guter Schuhe«, einer Sonnenbrille und Mengen von Zeichenkarton festgehalten, Dingen, die Du schon lange nicht mehr benutzt hattest und nie mehr würdest benutzen können.

Als Schwesterchen anfing, den vielen Kram um Dich herum wegzuräumen, als Du noch zu atmen schienst, war ich erst schockiert – ich dachte, da liegt sie doch noch wie lebendig (und war immer wieder fasziniert, wie genau ich dieser optischen Täuschung der Atembewegung an Deinem Kragen, am Rücken, in den Flanken erlag,) aber dann habe ich mitgemacht bei dem Aufräumen, es löste die Spannung, es war fast ein Genuss, alle Deine Medikamente, Krücken, umwickelten Bleistifte, Greifer, Magneten, Anfasser, Lampen, Befestigungen, Korsettchen, Halskrausen, den Klostuhl, die Bettpfanne, alle Kleinigkeiten, die Dir das mühsame, erlöschende Leben ein wenig erleichterten, zu beseitigen.

Und dann haben wir etwas getan, was Dich sicherlich freut, weil Du doch nie etwas wegwerfen mochtest: Was vielleicht noch verwertbar war, haben wir auf die Straße gestellt, und denk Dir, das alles verschwand in Minuten. Irgendjemand hat jetzt Spaß an der seltsamen Lampe, dem wackligen Tischchen, mit dem nur Du so gut umgehen konntest. Ich hätte es hier nicht mehr sehen mögen, es hätte mich zu sehr an den schrecklichen Moment erinnert, als Du plötzlich mit dem Kopf da drüber hingst, mit der Nase in der Marmelade und mich riefst mit erstickter Stimme.

Mutter, war das nicht für uns beide der Moment, in dem wir wussten, jetzt fängt die schwierige Zeit an? Nein, Du hast das viel besser überstanden als ich. Du warst immer noch wie ein Kind, das wieder aufsteht und wieder lacht. »Es war trotz allem ein schöner Tag, und wenn es heute gut war, war es auch gestern gut und ist auch morgen gut.«

Aber ich war deprimiert von diesem Moment an. Ich habe danach keine Nacht mehr richtig geschlafen.

Auf den letzten Fotos, die ich von Dir machte, sieht man, wie Du Deine physische Welt immer mehr um Dich herum zusammenzogst, in Deine geliebte Zimmerecke hinein. Inzwischen habe ich alles umgeräumt. Eigentlich wollte ich im Bücherschrank hinter Glas ein paar Dinge sammeln, die Dir etwas bedeuteten, aber außer Deinen Malereien habe ich ja gar nichts mehr gefunden! Du hattest alles längst verschenkt! Und was Du bis zuletzt gerne benutztest, das waren alles Geschenke von mir, die ich nun wieder zurückbekam. Und den süßen Igel, der bis zum letzten Moment Dein Knuddeltier war und den Du so gerne anschautest, den hattest Du von deinem Enkel geliehen und heute bekam auch er ihn zurück.

Mutter, Du besaßest nichts mehr und hast an nichts mehr gehangen! Nur auf das erste Vorausexemplar Deines Buches »Weil Leben Liebe ist« hast Du noch gewartet!

So habe ich nur das Foto von Dir in den Schrank gestellt, das wir auch auf Deiner »Gedenkfeier« aufgestellt hatten, (nach Deinem Wunsch ohne Grabreden und Trauerkleidung!), und das so schön zeigt, wer Du wirklich warst.

Ich verstehe erst jetzt, was Du alles eingefädelt hast, in diesem Jahr. Du hast in mir gesät und ich darf jetzt ernten.

Du weißt doch, ich hatte Angst, dass Dein Zimmer seine goldene Atmosphäre verlieren würde, die auch so viele andere in diesem Raum spürten, dass ich nicht mehr die Geborgenheit spüren würde, die Du ausstrahltest. Denk Dir, diese Atmosphäre hat sich jetzt sogar verstärkt! Gestern sprenkelte die Sonne die Basttapeten, Deine Malereien erstrahlten wie durch Spots erleuchtet und ich konnte mich gar nicht sattsehen und -fühlen an dieser Geborgenheit.

Heute Nacht habe ich von Dir geträumt: Ich war Baby und Du beugtest Dich über mich und Du hattest einen Angora-Pullover an und ich fühlte Deine Wärme und roch Deine Haut.

Übrigens: Als sie Dich abgeholt hatten, roch ich an dem Fell, auf dem Du Dein letztes Jahr verbrachtest und es roch so gut wie an dem Tag, als ich es Dir schenkte!

Unglaublich, dass unter diesem schwarzen Leichentuch nichts zu sein schien, als die Träger an mir vorbeigingen! Ich meine das auch physisch, wie hast Du es nur geschafft, dieses Skelettchen von 25 Kilo noch zu irgend etwas zu benutzen? So lebhaft zu sprechen, Dich noch für meine Projekte und Deine Bilder zu begeistern, uns alle nicht merken zu lassen, dass es eigentlich schon lange Zeit für Dich war?

Auf den Fotos, die ich vierzehn Tage vor Deiner großen Reise von Dir machte, sieht man ganz deutlich den Tod auf Deiner Schulter. Aber alle sagen das: Du hast es geschafft durch Deine Munterkeit, Deine Liebe, Deine positive Ausstrahlung, Dein Sterben vergessen zu machen, uns über den Tod hinwegsehen zu lassen!

Ach Mutter, wie Du da lagst, so friedlich, in dieser typischen Fötushaltung, die Du immer einnahmst. Am Morgen sagtest Du noch, als ich fragte, ob Mani wirklich kommen solle,»Ja, sie soll kommen, ich kann ja dann so liegen. Und da lagst Du eben auch so. Ebenso unauffällig wie Du gelebt hast, bist Du auch gegangen. Wir merkten nichts, während wir am Computer saßen – Du verließest einfach Deinen Körper. Nur zwei Minuten, nachdem wir es bemerkt hatten, rief Mani an. Ich sagte ihr, sie solle nicht kommen und sie kam doch. Sie meinte, sie hatte das Gefühl, sie müsse kommen. Ja, das ist jetzt die Art, wie Du immer noch Deine Befehle gibst!

Ich musste jetzt einfach den Scanner kaufen, um Deine Malereien einscannen zu können, die nun auch auf CD erscheinen werden.

Überall hast Du Deine Hände im Spiel. Gestern Abend musste ich eine Deiner Freundinnen trösten und ich tat es ausgiebigst. Muss ich Dein»Werk« jetzt hier weiterführen?

Ich habe inzwischen mit Deiner Krankenpflegerin Nathalie auf Deinem Bett gesessen, sie sagt, sie habe die ganze Nacht geweint – Du seist für sie wie eine Mutter gewesen, nein, ein Guru! (Sie erwähnte allerdings auch, dass die anderen Krankenschwestern in Dir nur eine »schwierige Patientin« sahen, die »einen ganz schön rumkommandierte,« Tja, ich lasse mich jetzt gerne von Dir rumkommandieren, denn alles was ich tue, gelingt plötzlich. Das Leben ist wunderbar. Alles scheint ineinanderzugreifen, so wie es mal war, als ich noch bei Osho war.

Ich bin stolz auf meine »Connection« im Himmel, Mutter!

Die Todesanzeige, die wir zusammen am Computer entwarfen, wurde anstandslos, trotz der ungewöhnlichen Schrift, akzeptiert, aber weißt Du, wo sie erschien? Unter »Danksagungen«. Der Setzer hat wohl Deinen Spruch gelesen: »Ich danke allen, die mir ihre Liebe gegeben haben,« und plazierte das halt nicht auf der Seite der Todesanzeigen. Mutter, ich danke Dir auch. Ich danke für das wunderbare Jahr, das wir zusammen verlebten, für die Anregungen, Ratschläge, für die Gespräche, die Menschen, die Dich besuchten.

Ich entdecke etwas in mir, eine Instanz, Eigenschaften, die von Dir sind. Hast Du mir etwas vererbt, das ich bisher nicht sehen konnte? Ist etwas von Dir jetzt in mich übergegangen? Lebt ein Teil von Dir in mir weiter? Oder kann ich jetzt etwas besser zulassen, was schon immer in mir war, das ich aber aus Rebellion, nicht so sein zu wollen wie Du, verdrängte, nicht zeigen wollte?

Erst jetzt habe ich bemerkt, wie ähnlich wir uns als Kinder sahen.

Ich habe nämlich gestern alte Fotoalben durchgeblättert und einmal mehr entdeckt, was für ein süßes, ernstes, liebliches Traummädchen Du warst.

Und irgendwie hast Du es geschafft, Dir das bis zum Schluss zu bewahren, Du hast Dich nie wirklich geändert!

Viele haben mir das bestätigt, besonders Deine beste Freundin seit Kindertagen.

Objektiv betrachtet warst Du natürlich erschreckend naiv, bis an die Grenze der Dummheit. Du konntest niemals glauben, dass jemand Dich ausnutzen oder auch nur nicht verstehen könnte. Das schützte Dich nicht nur vor missgünstigen Menschen, es machte auch Viele weich und wirklich gut in Deiner Gegenwart. Ein paar Leute hier, die ich für ein wenig zwielichtig halte, kriegen noch immer diesen kindlichen Blick, wenn sie von Dir schwärmen, und sagen: »Für Margot hätte ich alles getan. Ihr Leben war vorbildlich«. Irgendwie hast Du sie verzaubert, dass sie nichts Böses denken können. Ich beneide Dich um diese Gutgläubigkeit, diese Fähigkeit, Harmonie zu erzeugen. Du glaubtest so fest an das Gute im Menschen, dass dieses Gute in Deiner Umgebung zur Realität wurde. Immer wenn ich Dich auf die himmelschreiende Diskrepanz zu den täglichen Nachrichten ansprach, zu den Zuständen in dieser Welt, dann führtest Du das darauf zurück, dass die »Anderen« eben nicht Deine Einstellung hatten. War das etwa nicht naiv – oder hattest Du wirklich Recht? Wäre das wirklich der einzige Weg – etwas zu verändern, indem der Einzelne sich ändert? Aber das zu predigen hat ja keinen Sinn, denn das ist ja kein »Sichändern«, sondern ein »Beeinflussenwollen«, man will dann ja nur den Anderen ändern, und nicht sich selbst.

Nein, Du wolltest niemanden ändern, Du hast einfach etwas vorgelebt.

Ich muss jetzt lächeln, weil so manches an Dir ja doch etwas verschroben war.

Erst jetzt merke ich, wie viele Täschchen, Schächtelchen, Tüchlein, Kartönchen, Bändchen, Hüllen mit

Zettelchen, Bildchen, Feuchttüchlein, Kämme, Bürsten, Lederreste und Scheren Du wirklich gesammelt hast. Einige Deiner Hüllen und Kästchen trugen gar die Aufschrift »leer«.

Und diese gewissen Ähnlichkeiten zwischen uns werden mir auch erst jetzt bewusst – Disketten und Bildchen, Schrauben und Tüchlein, Tonbänder und Scheren unterscheiden sich letztlich nur durch den Wert, den sein Besitzer ihnen beimisst. Meine leeren Disketten nenne ich ja auch »leer«.

Aber wirklich wichtig waren Dir nur Deine Bilder und dass sie weiterleben und ich schwöre Dir, sie werden weiterleben. Als digitale Geistesblitze werden sie um die Welt wandern und unauslöschlich auf Silberscheiben eingraviert und auferstehen auf Bildschirmen und in den Köpfen Dein Werk vollenden.

Während ich die Bilder für unser CD-Projekt aus den vielen Hunderten von Schachteln und Alben heraussuche, wird mir erst klar, was Deine kleinen Malereien auszeichnet: Man sieht sich nur selbst darin. Wie könnte ich sonst dieses Bild heute gut finden und morgen schlecht, wieso sehe ich heute in jenem Bild Gott und morgen eine Fratze?

In unserem letzten Interview sagtest Du: »Meine Grundidee bei diesen Bildern war: Ich möchte Freude bereiten. Aber es sind Bilder, in denen jeder Mensch etwas sieht, was nur er sieht. Jeder ist anders und jeder kann nur erkennen, was auch in ihm ist.«

Auf dem Umschlag eines Deiner Tagebücher entdeckte ich (dick umrandet):

»Mein sind die Jahre nicht,
die mir die Zeit genommen
mein sind die Jahre nicht,
die etwa möchten kommen;
Der Augenblick ist mein,
und nehm ich den in acht,
so ist DER mein,
der Jahr' und Ewigkeit gemacht.«

Mutter, ich kann noch so viel von Dir lernen ...

Dein Dich liebender Sohn

Anmerkung: Margot Boerner litt an Polyarthritis und konnte nur mit einem an der Hand festgezurrten Pinsel arbeiten. Sie tupfte Farbe zwischen zwei glänzenden Kartons und presste sie dann zusammen. So entstand auch das Coverbild dieses Büchleins. Viele Malereien erschienen als Postkarten und Kalenderillustrationen und wurden auf Ausstellungen verkauft.

Das

Das geheimnisvoll säuselnde, tuschelnde Geräusch sollte mich ein Leben lang begleiten:»tesstiküüühl«,»tesstiküüühl«,»tesstiküüühl« ...

Ich hatte keine Ahnung, was es bedeutete, aber es klang so cool, als ob eine Zauberfee von Verheißungen flüsterte, von Schätzen, die ich eines Tages heben, von Wundern, die ich irgendwann, vielleicht schon bald, entdecken würde.

Es war ein kleiner französischer Junge, der im Dunkeln, vor dem Einschlafen, das Zauberwort aussprach, ich weiß nicht, warum er es tat.

(Natürlich fand ich viel später die korrekte Schreibweise heraus:»Testicule, testicule, testicule...«)

Aber damals war ich elf oder zwölf, der Franzose war ein wenig älter. Unsere Eltern hatten sich wohl während eines Urlaubs angefreundet und vereinbart, dass man mit den Söhnen in den Sommerferien eine Art Schüleraustausch veranstalten könne.

An kaum etwas anderes in diesen Ferien kann ich mich noch erinnern: nur die unglaublich langen Straßen der Ameisen, die diese morgens auf dem roten Terrakottaboden zu unseren mit süßen Honigmelonenschalen gefüllten Abfalleimern gebaut hatten, das im Gleichtakt erklingende, ohrenbetäubend laute »Sägen« der Zikaden und den Harzgeruch der Pinien.

An das Meer erinnere ich mich kaum, wohl aber an das kleine hölzerne Boot zwischen den Wellen, in dem die sechsjährige Schwester des Franzosen barbusig, zusammen mit einem älteren Mann saß – doch diese Erinnerung gibt es wohl nur, weil jemand ein Foto gemacht hatte, das bis heute analog im obligatorischen Karton dämmert.

Ich mochte Mädchen damals lieber als Jungen, auch kleine Mädchen, aber wohl nur, weil von ihnen keine Gefahren ausgingen.

Zehn Jahre später beschloss ich, Schauspieler zu werden. Das Staatstheater lag auf dem Weg zur Schauspielschule und nachdem ich mich für das kommende Semester angemeldet hatte, begab ich mich schnurstracks ins Betriebsbüro und bewarb mich für die Bühne. Ich kannte mich aus im Theater, denn ich hatte ab und zu in den Ferien als Beleuchter auf der Opernbühne gearbeitet. Hoch oben, wo ich jeweils ein bestimmtes Ballettmädchen mit einem glühend heißen Scheinwerfer verfolgen musste. Das Problem war, dass sie von oben alle gleich aussahen, weil alle das gleiche Kostüm trugen und wenn sie zu sehr durcheinander wuselten, verlor ich meine»Zielperson«, die man aus dieser Perspektive nur an ihren unterschiedlichen Brüsten unterscheiden konnte. (Ich erinnere mich, wie dankbar ich dem Beleuchter neben mir war, der mich auf diesen von mir vorher nicht bemerkten Umstand hingewiesen hatte.)

Sehr schnell bekam ich meine erste Rolle und meinen ersten Text als ERSTER BÜRGER in Georg Büchners Dantons Tod: Auf die Frage des SIMON:»Wie weit ist's in der Nacht?«hatte ich zu antworten:»Sieh' auf dein

Zifferblatt, es ist die Zeit, wo die Perpendikel unter den Bettdecken ausschlagen!« Meine Perpendikel schlugen damals viel zu selten aus und auch sonst war es noch nicht weit her mit mir, am Tag und in der Nacht.

Als das Jazzhaus, eine legendäre Wiesbadener Kneipe, dicht machte und die Gäste nach Hause gescheucht wurden, sprach mich Monika an, Monika mit dem Glöckchen an den Knöcheln und der mit Spiegelchen bestickten bunten Weste und fragte, ob sie bei mir übernachten könne. Ich war betrunken und sagte ja. Es war die Zeit, als ich in einem winzigen Raum hoch über der Stadt wohnte, ein Zimmerchen, das ein geldgieriger Hausbesitzer mit Bohlen und Brettern unter die hohe Decke des Altbau-Treppenhauses geklebt hatte. Das Bett war kaum breiter als ein Meter und daneben fand nur ein kleines Waschbecken Platz und am Fußende des Bettes gab es einen kleinen Schrank und unter dem Bett hatte ich meine wenigen Habseligkeiten verstaut.

Wir mussten ein Stück den Berg rauf, betraten das Treppenhaus, stiegen die vier Treppen hoch und standen am Ende vor der Holztür mit den milchigen Glasfenstern.

»Wo ist die Toilette?«

»Da musst du wieder ein Stück runter aufs Etagenklo, hier ist der Schlüssel.«

Ich pisste natürlich schnell, wie immer, in das winzige Waschbecken, was mit dem bereits harten Penis

193

nicht einfach war, zog meinen Schlafanzug an und schlüpfte unter die Bettdecke.

Das Schönste an diesem Zimmerchen war das halbrunde Fenster, ein Oberlicht, das ursprünglich zur Entlüftung des Treppenhauses gedient hatte und das man kippen konnte.

Ich liebte es, mit gekreuzten Beinen vor diesem Fenster zu sitzen und über den Dächern zu träumen und dem Glockenschlag des Kirchturms nebenan zu lauschen.

Ich weiß dann nur noch, dass ich die ganze lange Nacht versuchte, mein steifes Glied wie zufällig dorthin zu bewegen, wo es meiner Meinung nach hingehörte – ohne Erfolg.

Am nächsten Morgen lobte mich Monika überschwänglich und meinte, ich sei der erste Mann in ihrem Leben gewesen, der nicht versucht hatte, sie, die ohne Bleibe war und jede Nacht woanders schlief, zu vögeln.

Ich wusste, das Lob war unverdient, eigentlich sogar der Beweis, dass ich eine Memme, ein Versager war, verlor aber kein Wort.

Fünfundzwanzig Jahre später traf ich sie wieder, in Indien, bei einem Guru und da zögerte ich nicht, ihr die wahre Geschichte zu erzählen. Wir lachten beide und holten die Sache sofort nach.

Der indische Guru fiel in Ungnade, bei mir und vielen anderen, in vielen Staaten, die sich weigerten, ihn auch nur für einen Besuch zu empfangen. Aber ein anderer, ein englischer Guru, der ursprünglich ein

Schüler des indischen Gurus war, nahm seinen Platz in meinem Herzen ein. Diese Gurus damals gaben ihren Schülern neue Namen, zum Zeichen, dass man sein Leben von Vergangenheit und Abstammung löste und zu Neuem aufbrach. Der indische Guru hatte mir einen persischen Namen gegeben, den Namen eines Sufi-Gottes – der englische Guru wollte sich vielleicht vom indischen Guru, von dem er zunehmend abschätzig sprach, absetzen und wählte einen japanischen Namen, der seiner Meinung nach zu mir passte: »Inmo«. Ich dachte nicht weiter darüber nach. Der Klang gefiel mir, der Name war kurz und knapp, leicht zu merken und nicht schwierig auszusprechen. Und wieder einmal wusste ich nichts über die Bedeutung eines Wortes.

Als ich irgendwann einen Japaner traf und stolz erzählte, dass ich unter anderem auch einen japanischen Namen mein eigen nenne, nämlich »Inmo«, lachte der sich kaputt und mochte gar nicht mehr aufhören zu lachen. Ich war irritiert.

Erst nach längerem Zögern rückte der Japaner damit heraus, was mein toller Name seiner Meinung nach bedeutete. Damals gab es noch kein Internet und man konnte das nicht ohne weiteres nachschlagen. Heute geht das aber, in Lautschrift und sämtlichen japanischen Schriften gibt es den Eintrag *inmô* und die Übersetzung: »Haar an und auf den Geschlechtsorganen und der angrenzenden Region« oder auch »Dichtes, kräftiges Haar, das ab der Pubertät im männlichen und weiblichen Genitalbereich wächst«, oder auch »Einzelnes Haar in der Schamgegend«.

Ich hatte also unwissentlich den Namen »Scham-haar« getragen?

Als ich meinen englischen Guru damit konfrontierte, zeigte er sich zunächst schockiert, aber als ein paar der Anwesenden immer lauter zu lachen begannen, mög-licherweise, weil der Name so gut zu mir zu passen schien, brach auch er in lautes Gelächter aus.

Erst viel später zeigte er mir eine alte buddhistische Schrift aus dem dreizehnten Jahrhundert, das Shôbô-genzô von Eihei Dôgen Zenji (»Die Schatzkammer des wahren Dharma-Auges«), der er meinen Namen ent-nommen hatte.

Es handelt sich eigentlich um ein chinesisches Wort aus der Zeit der Sung-Dynastie, die zweite Silbe wird kurz gesprochen und nicht lang wie beim japanischen »Schamhaar«. Das Wort bezeichnet »Das was ist«, »So-Sein« (englisch »thus«) und wird in der westlichen Lite-ratur meist als »Immo« zitiert.

Im Shôbôgenzô heißt es: »Immo ist ›Es‹ – die unver-gleichliche Gestalt des Buddhaweges, die die ganze Welt enthält. Wahrlich, sie übersteigt alle Welten und ist grenzenlos. Immo ist die wahre Gestalt der Wahrheit, wie sie sich zeigt, durch die ganze Welt hindurch; sie ist fließend und unterscheidet sich von allem Bestän-digen.«

»Immo ist die wahre Natur von Ton, Farbe und Form, Immo ist die wahre Natur von Körper und Geist, Immo ist die wahre Natur der Buddhas. Immo ist Hier und Jetzt.«

Das ist es und das war es immer, sage ich.

Bücher und Filme von Moritz Boerner

Erleuchtung in Poona
Ein sehr intimes Tagebuch über die Zeit beim Bhagwan.

Green net
Eine magische Reise! »Was wäre, wenn Bäume und Pflanzen sich in einem *green net* versammeln würden, um den blauen Planeten vom Menschen zu befreien?« Für Menschen von zwölf bis hundertzwölf. (Pseudonym Wilfried von Manstein).

Weisheit aus dem Unbewussten
»Geniales Buch voller Weisheit. In wunderbarer Weise zeigt Boerner auf, dass im innersten Kern eines jeden Menschen eine Quelle großer Freude, Liebe und Harmonie zu finden ist.«

Das Tao der Trance
»Sammlung praxisorientierter Trancetexte. Mit einem Lexikon positiver Wörter.«

Byron Katies The Work – Der einfache Weg zum befreiten Leben
Das erste Standardwerk zur Entdeckung der geistigen Technik *The Work* in Deutschland.

Gemeinsam lieben – Wie Sie mit Hilfe der genialen Methode THE WORK Ihr Leben und Ihre Beziehungen auf unglaubliche Weise verbessern
Ein Lehrbuch zur Technik The Work.

Der Wahrheit ist es egal, wo du sie findest
Die Chance AIDS
30 Minuten Ärger und Frustration auflösen
Roman schreiben – Methoden aus der Romanwerkstatt
Hypnose und Suggestion
Catch Your Dreams...
»Der Verstand hat Schwierigkeiten mit diesem Film, aber der Körper sagt ooooh« (Kinofilm, auf DVD erhältlich).

Abenteuer meiner Seele
Ein sehr persönlicher Therapiefilm über Loslassen, Berührung, Energie, dem Fließen, von Hingabe, Erotik ... (Kinofilm, auf DVD erhältlich).

Inhaltsverzeichnis

1. Märchenhaftes   7
Froschperspektive   9
Der M'Ba-Uch   15
Des alten Schreiners Reise in die große Stadt   23
Der silberne Schlüssel   30
Der reiche Mann und der junge Mann   33
Worte – nichts als Worte ...   35
Paulchen Cairo   42
2. Ausgeflipptes   49
Blauäugig   51
Die »Therapie«   59
Sie hat es wieder getan   70
3. Seltsames   77
Das Engagement   79
Die Liebe ist immer gut   86
Lena   91
Fremde Federn   102
4. Science Fiction   111
Die falsche Cellistin   112
Letos Erwachen   120
Nixen auf Bea II   130
5. Krimihaftes   137
Zehneinhalb   139
6. Erotisches   151
Max Planck oder die Liebe   153
7. Autobiografisches   165
Himmelsfenster   167
Auf der Nase getanzt   172
Abschied   176
Brief an meine Mutter   180

Autor

Moritz Boerner, 1945 geboren in Wetzlar, arbeitete als Schauspieler und Regisseur, gründete die erste freie Theatergruppe Hamburgs und verfasste etliche Theaterstücke. Nach einem Lehrauftrag an der Staatl. Hochschule für Musik u. Theater Hannover drehte er Filme für Fernsehen und Kino.

Nach dem Aufenthalt in Indien beim Bhagwan arbeitete er als Hypnosetherapeut, Übersetzer und Programmierer und erlangte den Master in »Biografisches und Kreatives Schreiben«.

Printed in Poland
by Amazon Fulfillment
Poland Sp. z o.o., Wrocław